你这么累，
不如回家种棵菜

厨花君 —————————— 著

湖南文艺出版社
HUNAN LITERATURE AND ART PUBLISHING HOUSE

博集天卷
CS-BOOKY

人生的改变，

从来不等你准备好了再发生。

目录

C O N T E N T S

前言

归田园，
哪里需要挣扎

实用指南 · · · · 在种地之前，你要做好哪些准备

世界那么大，我想种种看

第 三 章

种在身边，
也种在心间

实用指南····如何在都市居家环境里部分实现种菜梦想

4

菜园里，持续收获的小确幸

后记

因为天气太热，红花菜豆只开花不结豆

过百分之一的人生

90% 的人说要到乡下过田园生活，其中只有 10% 的人去了，而这 10% 里面只有 1% 的人像厨花君一样亲力亲为亲近泥土种养生命。

我是厨花君的粉丝，在一个突如其来的决定下，成了 10% 中的一员搬到村子里，但一直仰望着那 1% 的厨花君们日出而作日落而息，侍弄蔬菜瓜果如照顾婴儿般细心，对它们的来由和八卦如数家珍。

没下乡的时候就天天看厨花君的公众号，臆想着我也可以种这个，也可以种那个，等我有了院子我要种……我全都要种！终于有一天，一个朋友说，有个人你一定要认识。当我看到发来的微信名片，我笑了，仿佛看到一个老友扛着瓜菜款款走来。

然后，我就开始对厨花君各种表白，问各种关于蔬菜瓜果的问题，咨询城转农的种种生活滋味。带着娃下乡一点忐忑都没有，过得那么睿智那么有滋味，因为，我有榜样啊。

去年的菜没种好，厨花君说："北京的秋天更适合播种。"让我云淡风轻重新期盼起来；今年的春播有点迟，厨花君说："北方的节气就是会晚一点。"于是没了负罪感，一股脑理直气壮撒下种子。

我带孩子参加了很多自然教育营地和朴门永续的学习，可是在穿着冲锋衣戴着围巾带着道具的自然教育者当中，一个城市生物总是感到许多的压力，处处传递给我的是我作为一个人在给自然添乱。而这个放弃了鲜亮传媒主编生活的人，身体力行置身于田野间，种菜、拔草、吟歪诗，和蔬果调情（就是这个词，没错），她知道我们带着敬畏心来亲近泥土和自然，说有这份诚意足矣。

厨花君邀我写序，我心虚地说："我的菜园已经种成了百草园……"她极富同理心地说："不必写种菜，你可以写写孩子、美育，你常写的话题。"其实这些话题厨花君也写得十分精彩，她有一篇写《芥子园》的文章，转发了之后好多读过的艺术家老师和朋友跟我提起。《芥子园》是一本学习中国画的传统教材，里面中国山水的点景被厨花君描述得鲜活生动，果然很符合芥子园英文名字 Mustard Seed Garden 的感觉。

一句流行的话可以形容厨花君——"有趣的灵魂万里挑一"。承诺了写序之后事情多起来拖延症上身，厨花君送出她的蔬果一箱温馨提醒。照片在朋友圈里得到赞声一片，因为她这蔬菜长得太好看了，情不自禁地吃掉再画出来。

归隐田园在中国人基因里就有传承，只是忙碌的现代人大部分都是"等我……了"再归隐。殊不知，每一季的气候机缘都不相同，每一批种子的繁育和生长都无法重复，最好的时机就是当下。

在翻看《你这么累，不如回家种棵菜》样稿的时候我频频点头，终于在美美的厨房花园沙拉和田园风光中看到，一个人如何在风驰电掣的职场中勒马掉头，绝尘而去，亲近一畦土地，安抚我们破碎已久的田园梦。谢谢你，厨花君。

戴亚楠

家庭美育专家

畅销书《生命合伙人——美育从妈妈开始》作者

紫黑色的观赏谷子非常高大气派，可以做主景植物用

大都市，小田园
大梦想，小确幸

　　一个寻常的初秋傍晚，因为新收获了贝贝南瓜，变得惬意而甜美起来。

　　打开烤箱，栗子香瞬间弥漫了整个房间。切成月牙形的果瓣边上，已然沁出了蜜汁，吃下这一只烤到焦黄的小南瓜，抚腹静坐，什么天大的烦忧都忘记了。

　　超额的满足感不仅仅来自美味，更来自获得美味的过程。从种子萌芽、长出真叶、爬蔓，到开花、结果，果实慢慢地膨大成熟，这一场守候虽然漫长，却并不枯燥，相伴成长的点滴变化，让每一天都兴趣盎然。

四年前，在完全没想好的情况下，贸然展开的种菜生涯，我觉得如今可以用"渐入佳境"四个字来形容——当然并不是事事顺心如意，只是我已经比较懂得如何去展开这一段大都市里的小田园生活。

　　万事开头总是有点难的，好吧，不是有点难，是很难。

　　对任何成年人来说，生活方式的切换都是艰难的挑战。都市的制式生活固然枯燥，却有其规律和便利之处，朝九晚五，按部就班，如果你不曾因思索自我存在的价值而失神，那大可以愉快地过下去。

　　除草、耕地，播下第一批种子，忐忑地照料它们成长，那个时候的我，其实心里的迷茫远胜过往。然而，一旦和土地建立了初步的友谊，种出了那么几棵健壮的蔬菜，迷茫便会消散——没有什么比实实在在的收获更具有鼓励效果的了。靠着好奇、热爱与真心，跌跌撞撞的菜农生涯就此铺开。

　　闻着罗勒的香气给西红柿搭架子；扯一片芝麻菜的叶子放在嘴里，边嚼边寻找成熟的黑加仑果实；被芦笋毛茸茸叶片上的晶莹露珠打湿裤脚；拔一把带泥的小萝卜；听着鸟鸣、狗吠和蜜蜂发出的嗡嗡声，和高大的甜菜一起迎来日出……

　　与土地合作，生产出食材，丰富自家的餐桌，由此产生的乐趣充盈自己的内心。作为生活在城市里的现代人，面对"如何与自然相处"的课题，这几乎是能够达成的最高成就了吧。

蒲公英的黄色花朵，是具有春天气息的野蔬食材

在虾夷葱花开到最盛的时候剪下来，可以保持半年不变色，是很好的干花

菜农的一年

春生

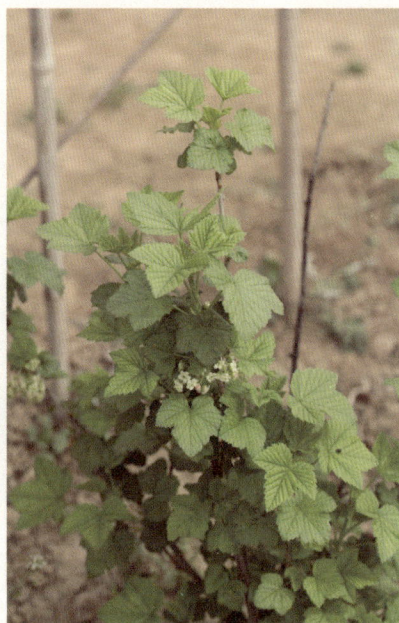

左　接骨木与虾夷葱

右　黑加仑

夏长

————

左 荷兰豆
右 辣椒

秋收

————

左 南瓜

右 野菊花

冬藏

———

左 蓝羊茅

右 红薯

PART 1

第一章

归田园，
哪里需要挣扎

一百个怀揣田园梦的人，九十九个
一直都只是在说。

机缘巧合，我成了真正去做的那一
个。如今站在蔬菜繁茂、野花盛开
的园子中，我无比感谢四年前的自
己，轻率地做了那样一个决定。

就这么愉快地决定了!

————

　　从杂志主编变成菜农之后,所有人都问了我一遍:"做这个决定肯定很难吧?"

　　"嗯!差不多和……咖啡要中杯还是大杯一样难呢。"

　　没有辗转反侧,没有患得患失,没有临阵脱逃,虽然我也很想通过长篇大论来证明这事有多了不得,但,不管在当时还是四年后回头再想这件事,我都没有感觉到什么"艰难的选择",它是必然要发生的,不在那一刻,也会在下一刻。

　　当然,跨度是有点大。主编蛮光鲜的,菜农确实比较灰头土脸。不过这点外在的落差我完全没放在心上。

　　事实上,在转变的开始,我一直处于巨大的兴奋状态中。有地了,咱想种啥种啥,自己种菜自己吃!梦想中的乡舍花园即将在我手中诞生!所有收藏夹里的美貌品种都可以入手了！再也不用看着国外的园艺节目流口水了！
菊苣、天竺葵、甜豌豆、小南瓜、矾根、草莓、美花酢浆草，以及各种香草，
我来啦……

下面这个故事我口述了一百多回，这次终于写下来了。

2014年春天，好友搬家到南六环，我们集体前去暖房，一群女的喝着咖
啡开始分享各自的白日梦。我："想种地想种地想种地。"

好友默默地拿出手机，拨通电话："喂，赵哥，你认识附近谁有地出租吗？
我这儿有个朋友……"

挂了电话，她告诉我，一会儿去看地吧，联系好了。

两个特别有行动力的人，就这么改变了我的人生。

这片地在附近的一个刚建好的农场里，大片空地还长着野草。农场老板
问我，你要几亩？

原谅一个露台种植者对"亩"没有概念，我只知道40平方米有多大，数
学又不怎么好，一张嘴，那来个两亩吧。

老板带我去了农场西南角的空地。"这里有五亩，你要从左边划还是右
边划？"

噢，原来一亩地是666.67平方米这个概念……

这一片以前是玉米地，还能看得出耕作的痕迹，只是现在长满了野草。
但野草也是美的，时值五月，到处都是野芹盛开的白色的伞状花朵，葎草爬

请以小车为参照物感受一下两亩荒草地

满了半截墙。大株大株的独行菜盖住了地面，间或可以看到野苦荬黄色的花朵点缀其中——也许是蒲公英。野蜂飞舞的嗡嗡声，风吹过草丛的沙沙声，隔壁的狗叫声，还有不知哪里传来的啁啾鸟鸣，组成了一个如同梦想般的场景，定格在我的脑海中。

一定是春末的阳光剂量太足，把人晒得发昏了。在这种有点类似梦游的状态中，我决定的速度让老板都有点吃惊，他一再劝我："你再想想？"

我想了想，不知道还要想啥。

园艺是我一直以来的兴趣，近十年的家庭种植，踏遍了一个园艺爱好者能陷进去的全部大坑，不过，由于近三年来一直对种菜情有独钟，感受到的"人民群众日益增长的美好生活需要和阳台地方不够用之间的矛盾"愈加强烈。有一个大窗台就可以尝试收集多肉，但你试试种几款土豆？我家那40平方米的露台，一开春就挤得像春运火车站，即便如此，主人还是非常不满足。

现在，终极解决方案就在眼前。一年不到两万块钱的地租在可以承受的范围内——就当买了个包呗，当时的我真是这么换算的。少背一个所谓的新款包，换一年翻着花样想种啥种啥的土地，我当然毫不犹豫地选择后者。

最重要的是，梦想触手可及，那种只要一点头，这世界就由你做主的诱惑，太太太难抵挡了。

站在地头两眼放光的我，一把揪住老板的袖子："咱们这就去签合同吧！"

自己种菜这样玩：
初夏风物赏

蚕豆与狗尾草都是初夏风物，
雅致的绿色令人倍感清爽。

- 取几只新鲜蚕豆荚，剥出豆子，用花艺铁艺横穿
- 加进一茎从地头采回来的狗尾草

罢罢罢，野草地里坐下来

————

　　这边签了租地的合同，那边我就交了辞职报告。

　　至于辞职后以何谋生，当时处于兴奋状态的我还真没想太多，一则总有点积蓄，二则："咱有地啊！"

　　这个决定当然是简单草率的，但我后来也寻思过，世界上好多事情，想周全了就做不成了。不如先冲动地开始，待到泥足深陷脱身不能的时候，就真的能定下心来好好做了。

　　在辞职交接的那一个多月里，我的肉体坐在办公室，灵魂则在全世界各地的花园、蔬菜地里游荡着找寻灵感。随身携带的笔记本上，右边是工作交接内容，左手则密密麻麻地画满了各种草图、符号、大圈套小圈，到处是斜出来的箭头，箭头尽处，潦草地写着一种或几种植物的名字。

　　什么叫被巨大的喜悦冲昏了头脑，我这就很典型。

箭叶堇花是报春的小天使

脑补了无数田园生活的美妙场景，朋友们听说我弃文从农，也都纷纷送来贺礼，巴厘岛来的宽边草帽、日本来的园艺手套、荷兰来的种子，心意最足的是一坨从美国扛回来的铸铁插牌——足有四五斤重！

现在我终于敢鼓足勇气坦白，这些爱的礼物啊，绝大多数还在箱底压着呢。

不是我不想用，是现实和想象画风差距太大，用不进去。

下地的第一天，美丽而精致的田园梦就塌了个大角。

肩扛手提一大堆种苗、种子，推开园门的我，秒呆。

我身影呆滞地站在地头，眼珠间或一轮。"我单知道地里会长杂草，却不知杂草长满了是这样。"大半个月不见，中间又下了两场雨，两亩地里绿意葱茏，一点裸露的土面都看不到。

从另一个角度理解倒是很令人喜悦，这块地底子很不错，你看，连杂草都长得这么茂盛。

菜农生涯第一击：手工除草。

注意，这里只能用除草，而不能用锄草，虽然两个词语义相近，经常被混用，但锄草特指为农作物除草、中耕或间苗。如果没有农作物，纯是清理野草，就只能叫除草。

我不喜欢除草，我想快点进入锄草环节。

但农业劳动是不以人的意志为转移的。

那咱们就除草吧。

咱们＝我自己。使用咱们这个词，主要是为了面对野草们，人类要拿出点姿态来！

除草确实还是应该用三叉镘——被锄头磨出了几个水泡后，我得出了上述结论。这个知识点绝不是能在书上学到的。大部分野草根系发达，在地下纠结成一团，地面上的部分又非常茂盛。扁平头的锄头很用力地掘下去，却只能铲断草茎和一部分草根，大部分的根都留在下面，基本等于白费功夫。

就我面临的这种情况，三叉镘要好用很多。又如尖锥，用力一挥就深插入地，然后，左右摇晃，让地下的叉齿摇松草根。这时候，人手、镘杆和地下的着力点形成了一个三角形，将镘杆往外掰，在杠杆作用的帮助下，能够更容易地把大块草根和土翻上来。

然而，阿基米德撬地球只是在理论上成立，因为找不到那么大的杠杆。而我的新一轮除草大业，也在大约 20 分钟后被叫停。

因为，镘杆断了。

在牛筋草大团地下根系和我使吃奶力气掰镘杆的两重作用力下，镘杆君表示，吃不消吃不消，你俩玩吧。

在仅清除不到 30 平方米耕地的大片荒原里思索了一下，果断决定收工。知其不可为而为之，那是士的精神，而我，只是个（刚来报到的）菜农啊。

自己种菜这样玩：
探识野草之雅

密集的除草劳动中，我认识了不少新朋友，比如小时候长相极有风骨的猪毛菜。

• 将刚长出的猪毛菜苗连根拔出
• 插入细口小瓶，雅趣十足

为什么不买一台微耕机

工具的使用使人类进步。

在确定十年办公室劳作培育出的体格，远不足以赶在半个月内将两亩地翻整完毕后，我立刻调整了方案，将纯手工种植的想法暂时搁置，向隔壁邻居要了个"大棚王"的电话。

大棚王的正式名称是小型多功能旋耕机，类似拖拉机，带有旋转耕头，用于土地翻整，可以除草、翻地、平整一次性完成，常在大棚种植中使用，高效妥帖，故此得名。

两百块，一台大棚王，师傅轰隆隆地来回开了两趟，仅需一小时，想象中的平整田地就成形了。师傅临走的时候还附送一条资讯："你要是自己挖不好地，可以买台微耕机。"

微耕机，什么神物？

这是一种迷你型的翻耕机械，在小型手扶拖拉机下加装犁头，利用马达驱动，双手握住拖拉机把手控制方向，推着往前走，十分钟就能耕好一畦地。听起来很有科技感，其实就是把传统农耕中的牛＋犁＋人的组合，变成马达＋犁＋人的组合。

大概了解了运作原理后，我对微耕机浮想联翩。这个好啊，除了可以翻整地块，还可以休耕地上播种的绿肥作物，定期用它进行翻耕，既能保持绿化率又能增加土壤有机质含量。

越想越开心，整地是体力最吃重的环节，要先除草，再深挖，最后平整，哪一项都不轻松，我这个战五渣的体力，一畦约60平方米的地要三四天才能磕磕巴巴地完成，享受的心情在腰酸背痛中消失殆尽。现在可有解决方案了，每天十分钟，幸福来种地！

这个神物并不贵，配置齐全了两三千块钱，在淘宝店几度询问，几乎就要下单了。

关键时刻，良心卖家的一句话冰冻了我。"你们那儿打油方便吗？"

打……油。

还有这种操作？

手扶拖拉机头只有两个轮子，而两个轮子跑起来是无法保持平衡的，也不能保证笔直向前，所以，拖拉机要想在乡村公路上跑起来，首先要加挂车箱，补足轮子，然后，需要一名拖拉机手时刻紧握把手，确保方向正确。

所以，极有可能出现这样的场景：通往最近加油站的路上，我紧紧地握住拖拉机把手，两脚权充后轮，配合前轮运动，伴随着"嘚嘚嘚嘚"的轰鸣声，缓慢向前，不能快，后轮属于人力驱动，飙不得车啊。

画面真是美得不敢多想。而且，就算我人品爆发，途中既没有被交警拦下，也能坚持小车紧推跑完这五千米，到了加油站也会发现这注定是场悲剧。对不起，根据规定，无牌照农机不给加油。

所以，要用上微耕机，先得拿大桶去买油，然后提回来用细管自己加。问题是，出于社会治安的考虑，目前这种"打油"是绝不允许的，卖家好心提示，去村里开证明也许可以解决。

开证明、大桶打油、自己加油……如此复杂的程序，终于成功制止了我对微耕机的向往。那就还是踏实地遵循传统，以锄头为笔，来描绘那心中的花园蓝图吧。

不过，最近我又开始惦记起了新推出的充电款微耕机。和传统的拖拉机头造型大相径庭，类似手持无线吸尘器，每充满一次电，大约可耕作 20 分钟。

"应该很好用吧"，怀着这样的畅想，我把它放进了购物车。

先不买，这次我还是要认真考察考察。

自己种菜这样玩：
端午寻艾

繁茂的野艾被犁头刈断，散发着浓郁的艾香，吸引我前去一探究竟。

• 采新鲜的艾枝，用棉线扎成束
• 倒挂门边，正好重温一把端午挂艾的习俗

要种地，先垒墙

《说文解字》："园，所以树果也。"

今天汉字里的"园"几经简化，已经很难看出它朴素写实的本义了，在金文中，园是一个大致四方形的框，里面自上而下，分布着花草树木，意为用篱栅圈围起来种植草木蔬果的田地。并不是像后世的园林，有亭台楼阁可供休憩消遣。从这个角度看，我的这两亩厨房花园，那是相当复古。

可惜，由于没有跟老板就合同细节过多讨论，交付到我手中的园，缺了一条边。

这就要从头描述一下这块地的状态了。农场的西南角这一片，自东向西延绵起了两堵平行的墙，长度约 200 米，两墙之间宽 50 多米，我的迷你农庄就在这里圈地建设。有租地的，就自己再叠两堵南北墙，开个门，类似切蛋糕般，一个简单的园子就成形了。

幸运的是，隔壁邻居已经完成了建设工程，他的西墙，可以当我的东墙来使，但我的西墙，得自己垒了。

做基建要先做预算，买多少块砖呢？这道数学题计算不难，难的是对墙的构造要了解清楚，我来来回回重算了好几番。

首先搞清楚了砖的标准尺寸是 24×12×6 厘米，那么，实心 24 墙（即24 厘米厚的墙，最为常见）每平方米用砖为 128 块，整堵墙的面积是 104 平方米（高 2 米，长 52 米），用砖是 13,312 块。

这是首次计算的结果，几分钟后，我就意识到问题了。墙是需要地基才能稳固矗立的，地基也是由砖垒起来的，而且还不能是单薄的一堵墙，得有个层层递进的阶梯，术语称为"大放脚"。

算地基这可就复杂了，我研究了半天等高式大放脚和间隔式大放脚，最后颓然放弃了，大概加个 20% 的幅度——不是算出来的，是凭感觉加的。

这并不是最终结果，50 多米长的砖墙，为了稳固起见，中间还需要有砖柱，就是用更多的砖垒成柱子，以起到支撑墙体的作用。

所以，最后究竟用了多少砖？我真没算出来，直接让工人给了个数字。

一面西墙，耗时三天，造价 12,000 余元，整个工程，我感悟到的最深刻的一点是："原来墙这么贵。"

半个月后，突如其来一夜大风，第二天早晨来劳作的我，站在断壁残垣边目瞪口呆："墙倒了！被风吹倒的！"

还好此墙非彼墙。一个园子四面墙，使用权都归我，但修缮义务分三家承担，被风吹倒的豆腐渣工程，是农场自带南北长墙中的一段，由老板负责收拾。不然，我会更深刻地领悟到一面墙到底有多贵。

墙虽倒，砖还在，没几天，农场老板派了个工人不紧不慢地来修墙了。一堵残墙，他站外边，清理旧砖、和泥浆、垒墙、勾墙缝。我在墙里，割草、挖地、刨坑，移栽各种苗，隔着墙偶尔聊两句天。终于，在我把红薯苗随意地戳到土里的时候，他忍不住了："红薯不能这样种，要起垄，你这样种，底下不长。"看我一脸茫然，小哥索性扔下手里的泥瓦刀，过来现场教学如何起垄，动作娴熟，还真是个练家子。不一会儿，垄起好一条，他嘱咐我："排着种上面。"

照着临时师父的教导，我歪歪扭扭地起好了另外两条垄。种完了红薯，已是午间。小哥先吃饭去了，我收拾好东西，路过断墙的时候，忽然想到，人家帮着起了垄，我是不是也应该悄悄地帮他垒上半平方米的砖墙，以示回报？

默默思忖半晌，唉，这个交换劳动，恕在下无能啊。

自己种菜这样玩：
蛋壳插苗

种红薯剩下的秧苗，还可以带回家做个亲子小盆栽。

· 选个相对完整的蛋壳，装少许土
· 将秧苗植入，再加土固定根部

大风起兮伞飞扬

听说我开始专职种地了，朋友们纷纷送来了贺礼，有送草帽的，有送手套的，有送靴子的，还有送大阳伞的。为了避"送散"的讳，送来的时候还特地声明："这不是送给你的，这是我寄放在你地里的。"

送礼的人都有着相当高的审美标准，这些礼物也是超有设计感，材质一流，穿戴起来自拍，那定是极好的。

然而，我这下地干活，是扎扎实实的农业劳动。一副特别漂亮的墨绿色碎花带胶点园艺薄手套，沾泥带水，一下午就面目全非了。还有那个来自巴厘岛的宽边大草帽，装饰功能远多过实用功能，摆在头上，随便吹点小风，我都得分出一只手把它摁住。

所以，尝试了一下，我就把这些美丽贴心的礼物，都收起来了。

只有大阳伞，确实用得上。露天种植地阳光猛烈，对植物是好事，对人类——特别是习惯室内生活的都市人类，真是一大挑战。这个阳伞能遮雨挡阳光，面料还很洋气，一瞬间就能让人从田间地头迈进巴黎街边的咖啡馆，感觉相当不错。

然而，这默默的呵护，只持续了不到两个月，原想厮守终身的感情，毁于一场自然灾难。

夏季雷暴雨通常伴随着狂风，在城市的高楼里很难对自然的威力有什么感觉，哪年夏天不下几场大雨？然而，在自然环境中，仅以肉身与之相持，感觉是完全不同的。黑压压的乌云就在头顶，风起，沙土漫扬，雷电轰鸣，让人毫不怀疑随时会有一头黄风怪从哪里钻出来。

由于这一切发生得比较突然，从地头落荒而逃的我，只能暂借邻居家的大棚避雨。坐在小马扎上，听雨点噼里啪啦地打在塑料膜上，长长短短，居然还颇带了些诗意。

戏剧性的一幕发生了，隔壁我的园子里，忽然升起一朵米白色的云——云？我使劲擦了擦眼睛，一阵风过，云展开了，妈呀，是阳伞的伞面！

大雨如注，让人实在没有勇气跑出去争抢，再说，它已经被卷到了几米高的半空中，除非我能使出传说中的旱地拔葱，否则伸断了手也够不着。唯一的希望，只能祈祷风雨赶紧停歇，把亲爱的大阳伞还给我。

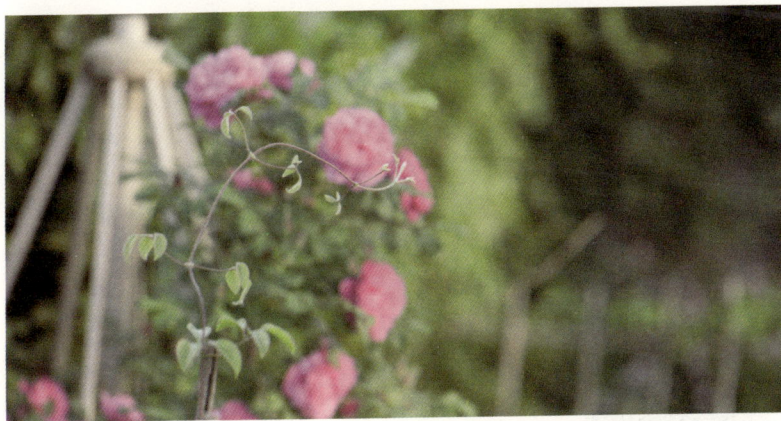

伞架和玫瑰相处甚欢

然而天不遂人愿，几十秒后，伞面已经飘然远去，一直被吹出了农场的外围院墙。雨茫如帘，转眼就再也看不清它究竟去了哪里。

好歹让我们从容地告别一下呀！

第二日雨过天晴，花草树木绿意盎然，只有我在一边，黯然地收拾着破碎的巴黎街边咖啡梦。伞面没了，伞架还在，怎么说也有几十公斤的下盘，定得住。然而，这么个伞架顶什么用呢？再去补一个伞面成本太高且颇费周折，扔了吧，又怪可惜的，思来想去，给它找到了新去处。

墙边不是有食用玫瑰吗，玫瑰不是要搭架支撑吗，干脆，也别搭架了，就直接把伞架送给小玫瑰吧。

把伞架往地上一撑，高矮正合适，食用玫瑰的藤本特质并不明显，它们只是枝干略细长，如果花开得过多的话会支撑不足，这下好了，站不住了，就往伞架上一靠，风姿绰约。

从此玫瑰和伞架就成了幸福的一家人，三年过后，小玫瑰已长成每季花开数百朵的大人物，而历经风吹雨打日晒，伞架竟毫无褪色痕迹，稳稳地支在那里。送伞的朋友听说了这一段，特地前来探看，大加赞赏，还嘻嘻哈哈地在这里拍照留念。

用她的话说："这伞，给玫瑰用比给你用合适多了！"

这话，嗯，听起来真的有点扎心啊。

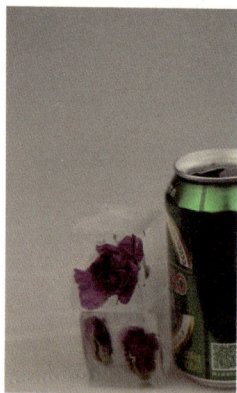

自己种菜这样吃：
玫瑰冰块配啤酒

自制些漂亮的鲜花冰块，哪怕是配普通的罐装啤酒，喝起来也会滋味非凡。

- 采半开的玫瑰花苞，清水冲洗一下，放入冰格
- 加水，放冰箱冷冻几小时后，便结成了晶莹艳丽的玫瑰冰块

风雨总在阳光后

————

　　励志鸡汤歌会这样唱："阳光总在风雨后，请相信有彩虹。"没错，但自然界它是无限循环的啊，阳光之后，风雨便又会来了。

　　从第一眼见到这片地，到兴致勃勃地迎接各种挑战，屡战屡败后，两个多月的亢奋状态终于维持不住了。在两小时的高强度劳作后，汗流浃背的我瘫坐在门槛上，闷闷不乐地看着这片全情建设几十天，看上去却无甚收效的土地。

　　比起五月初见时，这两亩地现在越建设越凄凉。原来还有野草制造的虚假繁华，而现在，茂盛的初生代野草已经被刈断深翻，新生的第二代还是幼苗，嫩绿掩不住斑驳的黄土，整片地看过去像个癞痢头。规划的种植分区还远没有成形，只有墙角边的一小片混植香草和十几棵不同种类的果树，勉强撑着场面。

萌萌的小萝卜苗最令人心生怜爱

　　每天辛苦地劳动几小时，究竟都做了些什么呢？我努力回想着，几乎要掏出小本逐条列下，以证明自己并没有偷懒。在除草、浇水的日常之外，每天都踏实地完成了一两件事情。挖好了长条沟，种下整齐的两排芦笋；移栽薄荷、百里香、迷迭香、牛至、甜叶菊等等香草苗；刨坑种树；撒播二月兰（诸葛菜）、荠菜和芝麻菜；清理墙边的碎砖块；种植大量的地被植物……

　　然而，这对我个人而言几乎是突破性的劳动量，撒到两亩已经荒废几年的地上，立刻被消化得干干净净。这感觉怎么形容呢？大约就像参加相亲饭局，你热情地招呼对面的异性，对方却像根木头般全无回应。

　　这种挫败感会催生很多问题。一个文字工作者为什么要跑来种地？我真的能种好两亩地吗？会不会哪一天早晨醒来就热情散尽了？为什么要租这么大一片？怎么面对颗粒无收的悲惨局面？被亢奋压制的疑虑泉涌而出，最终指向了哲学终极三问。

　　我是谁？我从哪里来？要到哪里去？

　　一般这三个问题浮现在脑海里的时候，就是结束思考的时候。凡人怎么可能解决这么高深的困惑，还是赶紧多干点活要紧。

　　我是谁？我是一个对园艺充满兴趣的人，一个希望换种方式生活的人，一个想为自己种出本真食材的人，一个想从自然中汲取能量的人。

　　我从哪里来？从办公室来，从十余年不接地气专事形而上的职业生涯中来。

　　要到哪里去？到了田间地头我就宾至如归，身心舒坦，以至于哪里也不想再去了。

　　作为从小就缺乏强大自我认知的人，其实我时不常地会困惑，哎，为什么要选择现在的生活方式？然而每天睁眼醒来就不由自主地进入日程，该干吗干吗，这就叫"活儿，在当下"。

　　根据我很久以前看过的为数不多的商业书籍，我这种现象，属于典型的"每天陷于烦琐的事务而忘记了自己前进的方向"。

　　然而，我要往哪里前进呢？

　　世界上有很多意志坚定成就远大的人，他们披荆斩棘笔直前进，但也有很多晃晃悠悠，追着个小蜜蜂就走上岔路的人。

　　作为一个天生路痴，走岔了还指望我回来吗？

　　岔到哪儿，哪儿就是我的星辰大海！

　　Just do it（就去做）！

自己种菜这样玩：
感悟野花之美

"你看那野地里的百合花，它不种也不收，可是我告诉你，所罗门最繁华的时候，也不如它呢。"

• 随意采取地头生长的萱草、青蒿、生菜、芸香
• 配成自然烂漫的一束，让野花之美浸润心头

锄禾日当午？真是个没生活的诗人

锄禾日当午，汗滴禾下土。谁知盘中餐，粒粒皆辛苦。

凡中文社会，不会背这首《悯农》的，应该没几位吧。诗人的情怀，在短短二十字中显露无余。

然而，在自己开始种地之后，我对这首诗略有了一点小小的不同见解。锄禾日当午？这个农民走的不是寻常路啊。

无论是我这种半路出家的编外菜农，或者是隔壁有几十年务农经验的老范，自打过了端午就不约而同地都改成了清晨下地，越早越好。日出之前天气清凉，人会比较舒服，而各项农活选在这个时间段做也都是最恰当的。浇水，一定要早晚浇，不仅是为了满足蔬菜一天的水分需要，更重要的是，午间浇水，蔬菜根部土壤因为吸收了足够的热量，已经温度很高，此时突然大量浇灌冷水，一冷一热，容易伤根，也会导致病虫害高发。采摘，绝大多数蔬菜特别是绿叶菜，晨间吸饱露水时，最为鲜美，晒了一上午后，水分蒸发，口感会略有下降。至于锄草，虽然这件农事本身无所谓何时进行，但赶着一早进行，锄下来的杂草被日光暴晒一天后，基本就会枯死。假如拖到正午再干，有着顽强生命力的野草未必能被一下午的日照晒死，夜间露水一打，很可能就会就地复活。所以，如果是在春秋两季锄草的话，通常都要把杂草搂出来，堆到空地上以免其重新扎根。

再如打顶、搭架、修剪残枝等技术活，也是清晨进行的比较多。

不仅是我和老范，我从家到农场路上需要穿过的几百亩各类农田，大家都是黎明劳作。羞愧地说，我已经算是比较迟的那一拨了，经常是路过的时候，看到人家的农用三轮车里，已经摘了满满半车的西红柿或是豆角了。

九十点钟之间，田间劳作就该告一段落了。这时候的太阳，照在身上火辣辣地疼，除非有拖延不得的活计，否则大家都会选择存档退出。读20世纪农业公社为题材的小说时，很容易看到类似的情节，太阳升高了，下田的人陆续地扛着锄头往回走，早餐通常是安排在这个时候的。

早餐就是我起得非常早，到地头却不太早的重要原因，因为我还没有锻炼到可以饿着肚子干两三个小时的活，总得稍微吃点。注意，这不算早餐，顶多算个早餐的引子——正餐的食材，还需要一会儿下地去采摘呢。

清晨采下来的菜，最为鲜嫩

　　回到主题。说起非要赶到正午锄禾的农民，我觉得有几种可能。一，这个农民睡懒觉了，所以只能大中午跑来补课，又恰好被路过的诗人李绅看到。二，诗人进行了艺术加工，毕竟，毒辣的日头下汗流浃背，比清凉的晨光中微微出汗，更能让人印象深刻，对于粮食也会更加尊重。

　　我理解诗人的艺术加工，但事实还是要说清楚，我们农民也不是放着 easy（轻松）模式不玩，非得挑战 hard（难度）模式的。

自己种菜这样吃：
烤嫩南瓜沙拉

夏天的时候南瓜结果很多，但为了收获大南瓜，种植者会进行疏花疏果，这些青嫩的果实特别美味。

- 嫩南瓜剖两半，刷橄榄油
- 入烤箱中火烤制 15 分钟，取出与黄瓜、菇莴（酸浆）一同装盘

第一朵波斯菊；第一枚秋葵；第一棵甘蓝菜

　　百度贴吧有个不成文的规矩，一楼是用来祭度娘的。我怀疑秋葵也偷偷地上贴吧，不然，为什么它们结出的第一枚果实，主要用途也是祭天？

　　秋葵是厨房花园收获的第一种蔬菜果实，按照季节来说，其实排不到它，但由于这两亩地五月份才开始春耕，天气日渐炎热，无法播种樱桃萝卜、生菜这些喜凉品种了，所以，秋葵、木耳菜和西红柿就替补上位，光荣地成为首批入住居民。

　　通常情况下，西红柿和秋葵都是初春的时候在暖房里育苗，然后四月中下旬移栽。我就跳过了这个步骤——主要那时候还没有暖房这种高级设施呢——直接播种到菜地里，还想当然地认为，省掉移栽这个步骤，苗会长得更快。不是说树挪死人挪活嘛。但事实是，虽然移栽的苗有几天适应期，但一旦缓过来就会爆发式生长。

　　而我直接播种的小秋葵、小西红柿呢，生长速度那真叫一个稳重啊，特别是秋葵，中间有半个月我以为它可能中了什么定身符，太阳晒着，小风吹着，春雨淋着，就是完全没变化。然后，忽然有一天清晨，这矮墩墩、只有两片真叶的小苗，绽放了一小朵淡黄的花。

　　把我感动得泪盈于睫：孩子，咱们不着急的呀。

　　开了花就结果，真是一点都不含糊，一枚小秋葵就这样歪着头踏上了成长之路。秋葵植株高大不宜盆栽，我这也是第一次跟它打交道。根据从书上学来的知识，在花后七八天就要采摘，否则果实就会老化。

　　老化么……

　　数着日子，数到了花后第十天，这枚歪头秋葵还是一副正太模样，长度顶多有两厘米，和超市里的成年秋葵真是相去甚远，这样也会老化吗？摘不摘？

犹豫了几秒，我果断地下了手。用清水冲洗了下果实，直接放到嘴里尝了尝，嗯，农业教科书诚不我欺也，真的又老又硬，已经嚼不动了。

在之后的三年中，这一幕无数次上演，超过八成的秋葵——无论是红秋葵还是黄秋葵，结出的第一枚果实都是又小又歪，完全没有吃的价值，摘下来以后只能挖坑埋掉，化作春泥更护葵。

和秋葵这不省心的比起来，紫甘蓝那绝对算是贴心暖男了。初植甘蓝的我，抱着试一试的心态，在当年的夏末播种了一些品种，其中，紫甘蓝长势尤佳，九月底，硕大的莲座叶之上，已经看到拳头大小的浓紫色卷心。由于是露天种植，甘蓝菜特有的叶面白霜格外明显，反射着奇异的光泽，有种太空植物的美感。

描述一下我种出的第一棵紫甘蓝，菜球只有拳头大小，但卷得非常紧实，口感既脆且甜，甘蓝类蔬菜自带的硫气味非常足，真是不同凡响的滋味啊。

但比起这些能吃的蔬菜，带给我最大感动的，其实是第一朵波斯菊。

为了覆盖暂时来不及耕种的空地，我紧急地播撒了波斯菊，这种野花生命力极其强健，无须过多照料，除了春季花期，秋天也会盛开，日本人称之为"秋樱"，形容其在秋季晴空下的风姿。

而在我的园子里，开出的第一朵，正是樱粉色，稚嫩而甜美，花瓣舒展在初秋的风中，摇曳自得。

至今我仍记得那天清晨遥看花开，无比满足的心情。

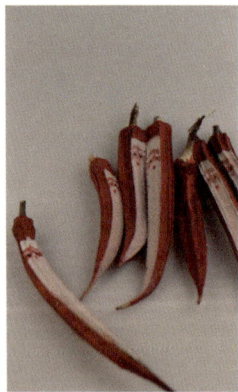

自己种菜这样玩：
秋葵圣诞老人

秋葵的果实稍不注意就错过了收获时机，不能吃用来做手工也很有趣。

- 将干燥的棕色秋葵，通体刷成圣诞红色
- 再画上白胡子和面孔，圣诞老人就做好了

第一朵波斯菊在风中摇摆

第一枚秋葵果实不是用来吃的

第一棵紫甘蓝

向日葵花田是夏日限定景色

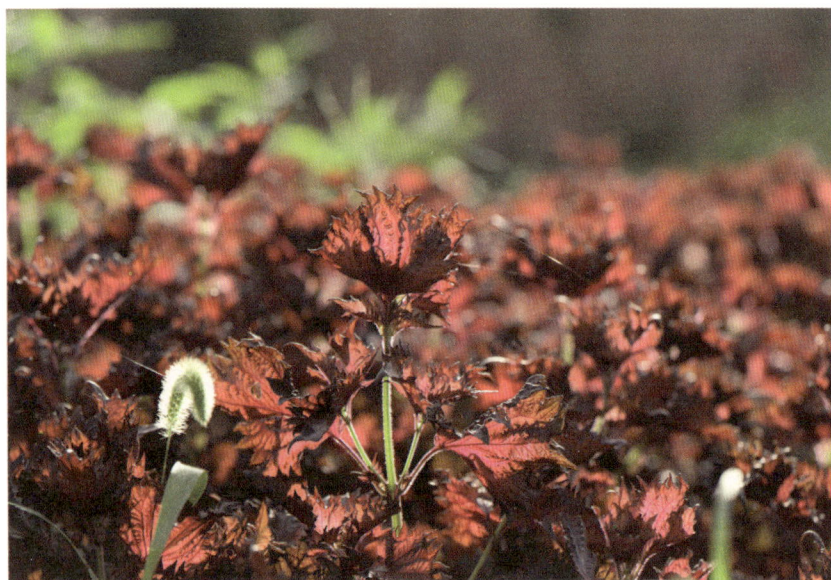

我的私家紫苏菜田

京郊农田导游指南

————————

作为城市居民，郊游的选择有哪些？爬个小山、去趟森林公园、瓜果采摘、找个民俗旅游村待一天，无非就是这些。而我有一个比较新鲜的提案：京郊农田游。

不需要去找什么特定的农田，就是随机分布在城市周边的那种，受到城市的影响，呈现着非常有时代感但又与传统农耕有所关联的特质，相当多变而迷人。

以我最熟悉的京南区域为例来描述一下吧。

北京南六环外的这一片，以庞各庄为代表，是传统的西瓜产地，被纳入国家地理标志产品保护范围，既有瓜，又有果，梨、桃、樱桃也很成规模，特别是梨，以北京周边面积最大、品种最多的古梨树群落为中心，形成了万亩梨园之胜。

春天我最喜欢骑着自行车在附近兜风，桃花红，梨花白，细细的一条乡村公路，两旁繁花目不暇接，粉白的樱桃林和杏树林夹在中间，当真是春风十里。而中间又间或可见朴实的玉米田、麦田或是南瓜地，绿意盎然。农用车就停在地头，两三个人影在田间劳作，生活气息扑面而来。较之那种人造出来的精致花海，别有一番滋味。

大半个月的花期过了，接下来欣赏的就是浓浅不一的绿毯拼盘。城市郊区很难形成大块统一种植的农田，多半还是各自为政，每家想法不一，所以拼出来的风景就格外丰富。玉米、小麦和红薯的绿都不一样，麦苗长得密，是不透风的浓绿，而玉米长得高挑挺拔，是行云流水的嫩绿，红薯叶成簇成行，那种绿是非常中正平和的，衬着旁边的十几行桃树，新叶嫩红而枝头已挂青果，一片片看过去，美得绝不重复。

偶尔还有一些农业爱好者才能够体会的惊喜，比如 2016 年春天，我在每天都要走的路边，发现了一片匍匐生长，绿叶羽裂状的奇怪蔬菜，貌似萝卜，但春天又不是种大萝卜的季节，

好奇地走到田埂下面去观察了一下，居然是玛卡！

真想给这位潮流农民手动点赞。

顺道补充一下，过了两个月我偶然间邂逅了玛卡先生，当时他正在田间收获果实，我们还交流了几句，获得的信息是：北京确实种不了玛卡，只长叶，底下的"萝卜"不发育。虽然是失败的尝试，但是感觉他也并没有多沮丧，态度很是平和。

六月时风光最美，玉米长成了青纱帐，麦穗由青转黄，风吹麦浪的美并不需要专程去中原农作区欣赏，南瓜地里，大片绿叶间金黄花朵闪现，杏子已黄，丰收在望。

说了半天，在西瓜之乡，好像很少看到西瓜？刚开始我也有这样的疑惑，后来当地人给我做出了解答，露天种植西瓜，在果实膨胀发育的时候，如果连遇降雨极易裂果，要是碰到场冰雹，那简直就是老天爷不想给饭吃，一年白忙。所以近年来，已成规模产业的西瓜，统统都已经改为大棚种植。

别失望，瓜棚也是很有趣的地方，由于品种改良，现在本地以中小西瓜品种为主，采取的是吊蔓种植，印象里趴在地上的西瓜秧，现在都是立起来的。沿着小道走进去，一路绿叶黄花翠果，出来的时候捎带一只熟到透的西瓜，就地分而食之，真是一种久违的情调。记得，瓜钱还是要付的。

夏天不怎么建议农田一游，不是田间没有风景，是都市人起不了那么早。

夕阳里的樱桃林，美如仙境

在炎热的七八月，下地的最佳时段是早晨四点到六点，太阳未升起但天光已亮，有凉风习习，草间露水湿重，最好穿着雨靴来。映着晨光的蔬菜地，简直不能想象有多美。

我曾深深沉迷于这个时段的紫苏田。

初升的太阳照着皱叶紫苏，叶子被染成了明亮的赤红色，高大的植株间，光影斑驳，四周宁静，唯有几声鸟鸣，我的脑海里，毫无理由地跳出的是《世说新语》中的一段文字：于时，清露晨流，新桐初引。恭目之曰："王大故自濯濯！"。

虽然没有那样相知而不相往来的朋友，但这不妨碍我在这一瞬间，懂得了当时王恭的心情。

自己种菜这样玩：
做一幅自然笔记

小时候常写的自然观察笔记，现在可以用另一种方式来表达。

- 采取不同的野花，左至右：高粱、萝卜花、野菊、紫荛麦菜（第一排）；美利生菜、薄荷、野西瓜、蓝花鼠尾草（第二排）
- 用两张速写纸将它们夹在中间，再压上几本书，等干燥后固定，装入相框

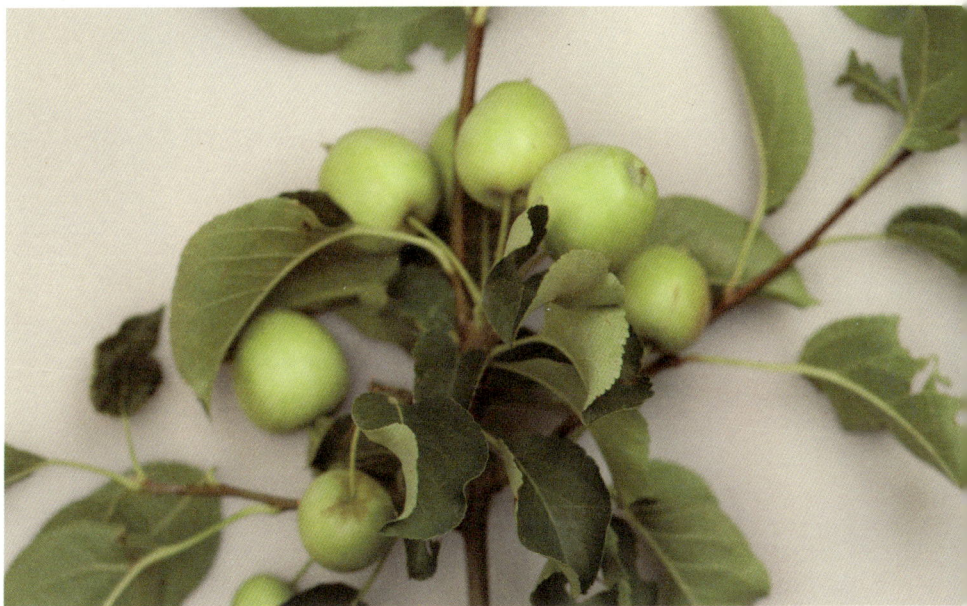

菜农的四季清供，就地取材

何为清供？

广泛地说，凡能够传达文人雅意与审美的各种书房玩赏器物，皆可称为清供。臂搁、镇纸、印章、笔筒……不一而足。

但最常入画的清供，非瓶花莫属。一瓶，一枝，随时令更替，或梅，或茶花，或菊，四时清供。这种日常生活中的形式感，换个通俗的说法，就叫雅趣。

作为一名有理想的都市菜农，我希望在接地气的生活中，夹带一点雅趣，比如，就地取材的四时清供。

这里所说的就地取材，那真是就地，花材都是田间地头得来的。

在庞各庄这个以西瓜著称的京南乡村，果树种类可以说是相当丰富了，左邻右舍有种桃的、种梨的、种西梅的、种樱桃的，杏和柿子这类北方传统的庭院果树，更是随处可见。农场对面就是一片樱桃林挨着梨树林，春天开花的时候，先是粉樱满树，待到樱花渐落，雪白的梨花又接上了，真正是"自相映发，使人应接不暇"。

除了去地头蹭看人家的果园，我还经常捎点回家欣赏。

按理说我自己也有两亩地，应该先自家解决一下。怎奈厨房花园里观赏品种虽不少，但大部分过于欧化，如天竺葵、琉璃苣或是耧斗菜，可以插瓶装点家居，却不能称为清供。而梅兰竹菊含笑岩桂之流，在城市郊区又并不易得，所取的折中方案，只能是枝形挺拔、花果俱美的果树类花材了，于是，周边的这些果园便成为我经常光顾之处。

不是去偷折人家花枝，雅贼也是贼，我光顾此地，为的是一些彼此两便的收获。

早春的时候是桃，桃是未叶先花，丁点朱红的花苞刚结的时候，插瓶最美。而这时候果农恰好要再进行一次拾漏补缺的树形整理，会少量地修剪一些枝条，如果路过的时候正赶上，讨要一些是不会遭拒的。如果没赶上也不要紧，这些枝条会被直接丢弃在路边等待清理，尽可以在此慢慢挑选，享受一下拾荒的乐趣。

桃花未开全，樱桃花期已到，和桃树不同，樱桃很少在春季再行修剪，我唯一一次丰厚的收获，是因为对面的樱桃果园全面更新品种，要把主干以上的枝条全部锯掉，嫁接大果品种，那场面很是壮观，花枝堆满小路，要不是家居地方有限，我肯定要扛一堆比人高的树枝回家的。

桃、樱桃、杏花期相近，比它们晚些的是苹果和梨。苹果花最为娇美，特别是半开未开时，粉白相间，格外诱人。梨花开满一树是美的，但似乎并不宜插瓶，有些过于凄清。至于石榴、山楂这种花美果佳的小型品种，我只种了几棵，虽然相当适宜折枝插瓶，但实在是舍不得下手。

花期过后，若再想得到插瓶的果枝素材，就要碰运气了——还好，因为基数比较大，总能有些意外之喜。比如初夏的时候，北京经常刮风，风过后的第二天，去相熟的果园走一圈，一大捧缀满青果的枝条就有了，苹果园断枝最多，我猜是因为果密枝细的缘由吧。杏树枝条很少被吹折，但是树下会落很多小青杏，如果爱酸，捡回来做渍物也很好。

苹果枝插瓶是很气派的，苹果叶正面浓绿背面灰白，本身就有变化之美。再配上圆润青涩的小苹果，清水供养，能保持十日之久，放在案头，正合高濂《瓶花三说》之意："幽人雅趣，虽野草闲花，无不采插几案，以供清玩。但取自家所喜爱，原无一定成规，不必拘泥。"

如果最近实在是风调雨顺，捡不到任何天赐，我偶尔也薅一点自己的羊毛。园子里种了两小片醋栗，一片是鹅莓，枝条带刺、果实犹如小灯笼的浆果树；另一片是黑加仑（黑茶藨子），果实黑紫，叶形如掌。由于醋栗果树是丛生灌木，所以枝条丰盛，剪几枝下来也不会太心疼。特别是果实快要成熟时，剪下来插几天，直接就手揪下果实，塞到嘴里了。

孜孜不倦在周边捡了两年果树枝，偶有一次在朋友圈说起了这事，立刻有人报名，要求前来组队"拾荒"。彼时正是桃花将开，路边库存丰富，几位捡得两眼放光，直到后备厢塞不下了才作罢。吃罢晚饭，满载一车花树，扬长而去。临行犹自殷殷嘱咐："待到苹果花开时，我们再来呀。"

自己种菜这样玩：
杏子杯

杏子还是那个杏子，但装在杯中，花点小心思点缀，就感觉味道不一样了呢！

- 杏子洗净，装入玻璃杯中
- 插入一片黄甜菜的叶子
- 最后装饰一枝萱草

纸上得来终觉浅，自己种了才知道

作为一名都市菜农，我的种植计划里，本土和国际化两条路线是齐头并进的。本土的比较好办，就算没亲自种过，也至少看过。但国际化就不那么好实现了，那些稀奇古怪的品种，没有什么现成的经验可借鉴，顶多只能看看书面资料——还不一定是中文的！

最哭笑不得的是还会面临人为制造的障碍，农科机构会把引进的国外品种，换个接地气的名字，重新包装推广，可种植资料并没有配套跟上，自己查询又多耗费一番周折。

举个最近的例子吧，苦苣，常见的生食蔬菜，比起常见全绿直叶品种来，我更喜欢叶缘有细碎卷曲、叶色金黄的皇帝苦苣这个品种，然而，在种植上是否有需要格外注意的地方呢？包装上的产品说明与普通品种全无二致，我也就先照方抓药了。

　　然而，到了收获的时候就发现不一样了，全绿苦苣很容易长成密实的一大蓬，株形如菊花。但皇帝苦苣的叶量明显少很多，都快抽薹开花了，还是细长的一小丛。

　　为了探查个究竟，我花了几小时，利用 Google 的图片搜索功能，把自己种的皇帝苦苣照片传上去，和网络资料对比，最后终于找到了本尊：Bianca Riccia。再结合文字描述 "The blonde leaves are extra-cut and fringed, a unique color with pinkish petioles.（它金色的叶子边缘像被切割成流苏状一般，叶柄是独特的粉红色。）"，基本就可以断定了。

　　顺道获得了一个好消息，这个品种耐热，所以可以全年种植。普通的苦苣畏热喜凉，所以露地种植只限春秋两季。

　　你看，耽搁了一个亿的收成！

　　另一个哭笑不得的例子来自菊苣，这种意大利人格外喜欢的沙拉菜，在国内主要作为牧草引进，偶尔个别品种作为特菜应用，还换了个风马牛不相及的名字。

　　红色蒲公英，听名字，十个人中有十个会以为这是培育品种的蒲公英吧，多浪漫，我毫不犹豫地下单购种，出苗倒是很顺利，长势也很旺盛，就是吃的时候犯了难，怎么尝都尝不出蒲公英的味道来。蒲公英是清苦，脆，稍有点刺茸茸的口感，这种蔬菜呢，则是非常苦，韧，嚼半天也嚼不烂，这种明显的差异实在让人起疑心。

锋刃菊苣的叶子与蒲公英的齿状叶确实非常相似

又是一番烦琐周折的找寻，知道真相的我眼泪都快掉下来了，为什么要给一株菊苣改名叫蒲公英，你让蒲公英怎么想？

锋刃菊苣，因叶片呈深锯齿状外缘而得名，倒是有一点像蒲公英的锯齿叶，又因为叶脉呈深红色，于是摇身一身，成了红色蒲公英。但是吃法完全不一样，要么吃初生的嫩叶，要么得撕去绿叶部分，只吃俗称为菜梗子的茎脉。全株服用也可以——那是作为牧草的用法。

我努力种菜，并不是为了吃得跟牛一样啊！

自己种菜这样玩：
坐赏苦苣花

我对这种蓝色明亮的小花朵无限着迷，特地剪取了一些回家插花。

- 由于苦苣花茎较长，所以需要截为几段
- 放在阳光明亮的地方，大约可以开两小时

一起成长的小伙伴，名唤虾夷葱

我不知道自己是不是国内拥有虾夷葱数量最多的私人种植者，但可以肯定，我在见过的私家花园中，从没有看到过，如厨房花园里这般繁盛的虾夷葱，一个花季下来，数量肯定是过万朵的。

2016 年春末，黄小厨来拍摄视频时恰逢花季，编导也是选择了这一片粉紫作为主要背景。视频上线后，朋友们纷纷来电索要虾夷葱，我一着急，又扩大了一下种植面积，百十平方米内，举目皆是这种美貌的观赏小葱，成为园子里势力最大的单一品种。

然而，花期一过，作为一根葱的主要价值还是要落在"吃"上，可是数量过多，如果按西餐里的常规方式，只做浓汤点缀或拌沙拉使用，实在是消耗不过来。情急之下，我脑洞大开，用虾夷葱配肉馅，包了一堆……饺子！

坦白说，不好吃。

虾夷葱也叫西洋细葱，细香葱，主要用于沙拉、汤、意面和各种凉拌小食。

西餐食谱里的香葱 =chives。至于中餐中的葱，在英文里称为 scallion（小洋葱）或 green onion（大葱）。

　　和口感非常肥厚的山东大葱不同，虾夷葱的口味最突出的是甜，葱味闻着非常香，但吃到嘴里基本不辣，而是清淡偏甜。假如你又喜欢吃葱又怕有大葱味，它是最合适不过的。作为沙拉和汤的配料，颇有风味。但不能加热吃，因为它过于鲜嫩，高温烹饪后，会变得软绵绵腻答答，所谓煮鹤焚琴是也。

　　种了不止一种葱，但我对虾夷葱的感情最不同寻常，细究起来，大约是因为有共同成长这样的经历吧。种山东大葱，只需要几个月，春天秧出葱苗，春末移栽到地里，秋末的时候就能收获儿臂般粗细的葱了。但虾夷葱是个慢性子，可能这是身为宿根植物的傲慢吧……我这么理解着。

　　秋季播种，发出牙签般粗细的小葱苗，一直到冬天来临的时候也没长多大，就枯萎了，直到来年春天重新萌发，慢慢地长到成年大小，又从一茎变成了几茎，慢慢地一小丛、一大丛，终于开出满抱的粉紫花朵，这个过程要三年之久。

　　春夏秋冬三度轮回，一粒种子变成一丛葱花，一个懵懂的、莽撞的、彷徨的新手农人，也成了一名胸有成竹的资深菜农。

　　我们都在努力地成长呢。

　　以后的日子里，也请一起加油吧。

自己种菜这样玩：
胜利花束

好不容易集齐了一大捧虾夷葱花，感觉自己是全世界最富有的人。

- 挑选形状较好的虾夷葱花
- 以包装手持花束的手法，扎成一捆，修齐下端
- 温柔而坚定的花束，是对自己的肯定

苜蓿是具有强健生命力的植物，即使被火烧过，仍然可以萌发

实用指南

在种地之前，你要做好哪些准备

回归田园生活去种地，仿佛一夜之间变成了一种生活潮流。

然而，盲目追随潮流可能要交昂贵的学费。

我也交了不少学费，所幸因为是真正热爱这件事，所以觉得可以接受，不过回头再看，在种地之前，如果准备工作做得能更全面更具体更完善一点，那就更好了。

嘿，想改变生活方式去种地吗？

如果你的回答是"没想好，可是我想种……"，那你应该认真读读每个章节最后的这些实用指南。

1、种地之后，以何为生

这是第一个需要思考的问题。

先告诉你，所有我听过的打算坚持朝九晚五，然后利用业余时间种地的案例，最后都以失败告终。那样的规划只有理论上的可行性，两件事无论从时间上、体力上还是精神上，都难以兼顾。

答案无非是几种选择：全靠积蓄支撑；部分地延续之前的工作获得收入；以及指望从种地这件事上获得足够的收入——这种就可以归入创业范畴了，另当别论。

根据我这几年观察总结，具备一定专业技能的自由职业者，是最容易实现这种转变的。画手、作家、美食达人、同声传译、设计师……在时间上能够灵活调配，只要保持足够的自律度，半农半 × 不是梦。

全靠积蓄也并非不可行，一旦进入乡村或城市郊区，你会发现许多以前习以为常的支出变得完全没必要，简朴而满足的生活，所需要的并不是多惊人的数字。只是这种只出不进，对普遍缺乏安全感的现代人来说，还是会造成一定压力。

2、家人支持吗

来自配偶、孩子、父母的意见非常重要。

配偶是个关键人物，这种生活方式上的重大转变，受到最直接影响的人就是 TA，所以，务必要充分沟通，取得共识。

至于小朋友们，虽然还没有足够的发言权参与家庭事务，但 TA 的存在就是理由，无论是婴幼儿还是学龄儿童，都会占用家长大块的时间，日程表是否排得开？有没有合理的方案解决问题？

相对来说，父母的意见主要是精神层面的，他们也许大力赞成你追寻心中梦想，也许非常反对你的华丽转身，但在现实层面，影响力偏弱。

恭喜单身人士，在这个问题上，你们终于领到了福利。

3、转型的原因有说服力吗

无论是哪种转型，我觉得都可以参考以下这些描述，符合的地方越多越好。

对新行业有浓厚的兴趣；天赋满满；在目前的领域中遭遇瓶颈；生活节奏卡在适合转变的节点上；没有太多的后顾之忧；输得起。

从都市到乡村，从写字楼到田间地头，这种差异性极明显的转变，千万不要硬来，顺势而为。

顺嘴说一句，日本电影《小森林》那类的设定——无法适应都市生活（也许还带着各种伤痕）而选择回归，实在只是影视剧的桥段。在我们的现实生活中，回归农耕生活反而更需要适应能力。自然和种植确实能够疗愈心灵，但你不能抱着"我要被治愈"的期望去开始。

4、地从何来

无论种什么、怎么种，前提都是需要一块土地，在城市周边，这是稀缺资源。从哪里能获得一块土地？

最简便的途径是城郊有机农场出租的小面积种植地，通常几十平方米，假若你忙不过来的时候还可以请人代为照料，作为入门之选是很合适的。

如果不满足于这种 1/N 的种植，那可以选择租赁农家院或者去大型农场里寻找面积较大的分租地，我采取的做法就是后一种，这种方式前期工程量大，但自由度也相对充裕。农家院的好处是基本设施齐全，但面积有限。

还有更宏大的想法？嗯，那就需要具备一定的行业资源，毕竟土地的流转使用受到诸多政策限制，需要做非常详尽的前期工作。

无论哪种形式获得的土地，都最好确定它能够稳定地供你种植三年以上，这样有利于长期规划，而且，和同一块地朝夕相处的时间越长，你就会越得心应手。

朝鲜蓟是非常高大气派的植物

5、有小伙伴吗

两个和尚可以抬水吃，互相帮助、互相安慰、互相督促、互相补足短板，在进入一个困难重重的未知领域时，跟你目标一致的小伙伴能够发挥相当重要的作用。最不济，在累瘫的时候还可以一起躺在地头上吐槽呀。

我刚开始种地的时候没找到小伙伴，但幸运的是，我后来遇到了非常棒的老伙伴，七十岁的山东农民老范，跟着他学习非常传统的农耕技能，也在种子发芽、果实收获时共同分享喜悦，我们结伴劳作的时光，非常愉快。

当然，小伙伴不是必要前提，一个人默默地耕作也是很棒的事情。

6、对农耕生活的艰辛有所体验吗

真的，我只能用艰辛这个词来形容农耕劳作，什么累弯腰、晒爆皮、吹成狗这都是逃不过的，非真爱坚持不下去。种地这几年，我接待过多个号称很爱种地的人，豪言壮语不过半小时就会告破。四年来，唯一真正陪我劳动超过两小时的，只有大眼妹沫沫的姥姥，她年轻时就是生产队的铁姑娘。

这种艰辛靠想象是不成的，必须亲自体验。我的建议是找个农场，先正经八百地实习一个月，大部分有机农场都很欢迎义工，跟着挖地、除草、浇水、采收的全流程体验一趟，还不打算放弃的，那就勇敢前进吧。

7、种植技能刷到几级了

很多人觉得最重要的"会不会种菜"，我觉得反而是较为次要的因素。

因为，中途出家来种菜的人，无论以为自己多懂，最后都会被证明需要从头学起。都市住宅的种植环境，和自然种植完全是两回事，作为一个之前连续五六年在阳台上种萝卜山药黄瓜土豆荷兰豆的人，我还不是第一年几乎颗粒无收？

当然，掌握了基础的种植技巧，对农业有所认识，并且具有较强的学习能力，还是占优势，一理通百理通，在熬过了初期因为环境剧变而导致的不适应后，你会很快成为一个合格菜农的。

8、环境、生活方式都会有巨大改变，你的适应能力如何

我身边回乡种地的个案也不少，失败的比例远大于成功的，其中不少人都是因为无法适应生活方式的变化而最终选择放弃。

无论回乡还是都市农耕，生活方式、生活节奏的改变都是巨大的。从热闹到寂寞，从一切便利到事事需要自己动手。举个亲身体会到的细节，现在进城开会或约其他事情，我总是会趁机去吃个麦当劳，太想念这种快餐食物了！而且，我也从来不建议特别年轻的孩子回归田园，和激素分泌旺盛的青春期所需要的精彩生活比起来，种地实在不具备什么竞争力。

所以，归根结底，还是要对种地这事有真爱，真爱能帮助你克服一切落差。

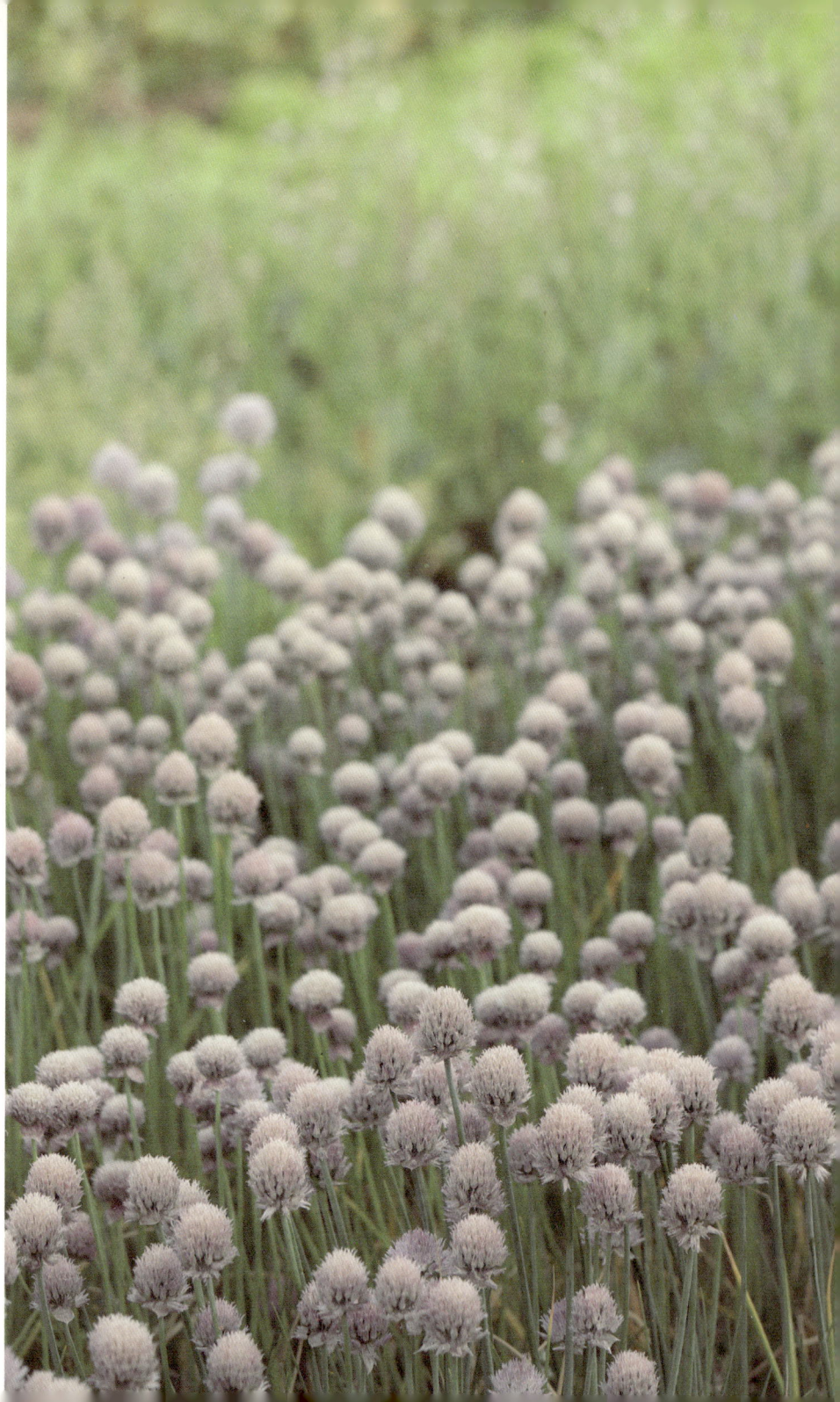

PART 2

第二章
世界那么大，我想种种看

一只木桶能装多少水，不取决于最高的木板有多高，而取决于最短的木板有多短。

一个人能不能种好菜，不取决于他读过多少种植书籍、认得出多少稀奇的植物、做过多少有关花园的梦，而取决于在种地这件事上，究竟有多少实践经验。

摸着石头过河，逐渐发现自己潜力的这一季，我做的最重要的事情，就是真正扛起锄头，用最直接最朴实的方式，了解脚下这片土地，然后，将藏于心中的梦想，一笔笔画上去。

景天菜园里的神话植物

自北向南，沿着厨房花园的墙边，宽约五米的狭长地带，是我的景天菜园。

景天科景天属的小家伙们都具有强健的生命力，叶片繁盛，色彩斑斓，是多肉玩家最爱的基础素材，薄雪万年草、佛甲草、八宝景天、龙血景天（小球玫瑰）……要是算上同属景天科的石莲属、伽蓝菜属、瓦松属，不得了，多肉植物的半壁江山就在这里。

而早已爬出多肉大坑的我，早就能够坚强地用理智的心态来对待这些萌物了，这片景天菜园的入选标准，实用第一，颜值其次。

所以，约百十平方米的狭长地带里，数量最多的是景天三七，在蔬菜界的名号叫费菜，既然带了个菜，就是能吃的，而且还被捧得颇高，据说很有预防心血管疾病的食疗功效，号称救心菜。其优点是丛生力极强，我从一个有机农场讨了十几根扦插枝条，长到三年时，每丛腰围已经超过一米，春夏之交的时候，开着满头星星状的黄色小花，非花期时，圆润的一丛绿意也很养眼。

费菜的吃法以凉拌为主，但我觉得还是会有一点涩和苦，后来偶然学会的新吃法倒是不错，蘸蜂蜜生食，蜂蜜的清甜弥补了费菜的涩，相得益彰。

今年的新宠则是佛甲草和垂盆草，两种长相和习性都较为类似的铺地细叶景天，这可是在北欧神话和古罗马神话中都曾出镜的植物。在日耳曼神话体系中，它是"雷神的胡须"，这个说法的来源已不可细考，我推测一是因为据说它能够避雷，二是因为它的细长藤蔓，确实比较像雷神那神气的大胡子吧——请参考漫威电影《雷神》里的托尔形象自行联想。

到了罗马神话中，佛甲草还是胡须，但不再属于雷神阁下了，它摇身一变，成为"朱庇特的胡须"。

初夏，明亮的黄色星星花朵非常有装饰效果

好吧，不管是谁的胡须，现在它长在我的园子里。

佛甲草的好处很多，对环境要求极低，自身生命力又特别强健，经常被用作屋顶绿化材料，是一种只需要几厘米土层就能生长的浅根植物，耐旱又耐寒，如果是露天阳台，连浇水都不用，就靠自然降雨也能活得很好。

比起佛甲草，垂盆草茎叶更为柔弱，绿色也略为偏黄，它的好处是——能吃！

生吃味道还不错，不酸不涩，口感非常清新。不过在国内的各种美食App上查不到垂盆草的菜谱，估计也是因为食材少见，然而，搜索了一下韩国美食博客，原来它还是一种很受欢迎的文艺食材，为什么在韩剧里没有看到过？否则它早就该普及了。采集带叶的嫩茎，洗干净，加辣酱拌匀食用。作为一味夏季小菜当真还是不错的，如果自己种了垂盆草，随时可以采来吃。

费菜、佛甲草和胧月之外，景天菜园还混进了几位不能吃的朋友，它们的作用主要是拉升颜值。八宝景天，叶片肥厚个头壮硕，初秋的时候开粉红色的花朵，属于景天里比较显眼的角色。而龙血景天则属于铺地彩叶品种，露天栽培光照充足，叶片一直会呈现赤红色，只在中心部位略呈黄绿，在地面上蔓延生长，爬得到处都是。

每逢有种多肉的朋友来访，总会在景天菜园这里被吓一跳，继而发问："能给我点不？"

随便拔！

自己种菜这样吃：
蜂蜜景天三七

略带苦涩的景天三七叶片，采取这种小清新的吃法，瞬间变得美味起来

- 采景天三七嫩叶，洗净
- 蘸着蜂蜜吃，感受那份脆爽清新吧

车厘子做不得好逑汤啊

木香花开过，樱桃就快熟了，是的，我的日程表是靠各种植物来标识的。

樱桃真的是初夏的风物，齐白石老先生除了爱画虾，也经常画樱桃，或盘或篮，如玛瑙般的樱桃盛于其中，别无他物，初夏闲情扑面而来。

在我的观念中，吃樱桃是一种闲情。不单是为了吃，中国人有很多果子都不是为了吃。

"他还卖佛手、香橼。人家买去，配架装盘，书斋清供，闻香观赏。不少深居简出的人，是看到叶三送来的果子，才想起现在是什么节令了的。"

至于四季都能买到的车厘子，虽然从植物学分类上也是樱桃，但我对着这些深红色的大个子，却完全找不到感觉。

樱桃要小，要娇，薄薄的果皮真叫一个吹弹得破，逆光一照近乎透明。正是因为如此，它极其不耐储运，略大的雨点都能砸落，早上摘下来若不当

难得还能见到本土樱桃树

天吃掉，晚上便花容枯萎。而且想要吃它，每年只有五月初这大半个月，格外显得矜贵。矜贵到……果农都不愿意种植它了。

个头小、产量低、保鲜难，中国小樱桃跟漂洋过海后仍光鲜如故的车厘子比起来，真如林黛玉对上女金刚。

车厘子，cherry，属于欧洲甜樱桃品种。再加上中国樱桃、欧洲酸樱桃和毛樱桃，这就是全世界主要栽培的樱桃品种。其中，欧洲甜樱桃因为更适于储运，占据了绝对优势，美早、红灯、先锋、拉宾斯……这些被生鲜电商宣传到大家耳熟能详的名字，都是各国培育出的欧洲甜樱桃品种。它们个大、皮厚、耐储运。在适宜的冷藏温度下，漂洋过海也无损品相。

商业运作相当成功，数据显示，车厘子是目前世界上最具赢利性的水果之一。

然而，我对这种水果的感情有点复杂，一方面，它确实优点多多，但另一面，正是车厘子的兴起，使得中国樱桃日趋减少。20世纪初，车厘子通过传教士进入中国，最初主要在秦皇岛、辽东半岛和山东半岛栽培。然后在20世纪80年代初，兴起一股改良果树品种风，迅速推广到全国各地。中国樱桃被大量砍伐或作为砧木使用嫁接车厘子品种。

面对车厘子的强大诱惑，我坚持做一个固执的只爱小樱桃的人，这与味道没有太大关系，全是感情分。

小时家中种了樱桃树，五月初，全家人围在树下指点哪一嘟噜熟得最好，派谁上去摘，摘下来谁先尝，这都是难以忘怀的记忆。一颗熟到恰好的樱桃，含在嘴中，不要咬，只需抿一下便能感觉到酸甜汁液在唇舌间四溢开来。

要是再加上那些与樱桃有关的画面、文字，车厘子就更没有回手之力了。

"另一碗却是碧绿的清汤中浮着数十颗殷红的樱桃，又飘着七八片粉红色的花瓣，底下衬着嫩笋丁子，红白绿三色辉映，鲜艳夺目，汤中泛出荷叶的清香，想来这清汤是以荷叶熬成的了。"

你看，那夯货可能用来做这一味绝妙的好汤？

自己种菜这样玩：
案头清供

樱桃好吃树难栽，这真是经验之谈，我种下去的樱桃树确实无一存活，但其他小果树都活得不错。

- 鹅莓挂果时节，可以毫不心疼地剪几枝青果来插瓶
- 配白色野芹的花，清静悠远

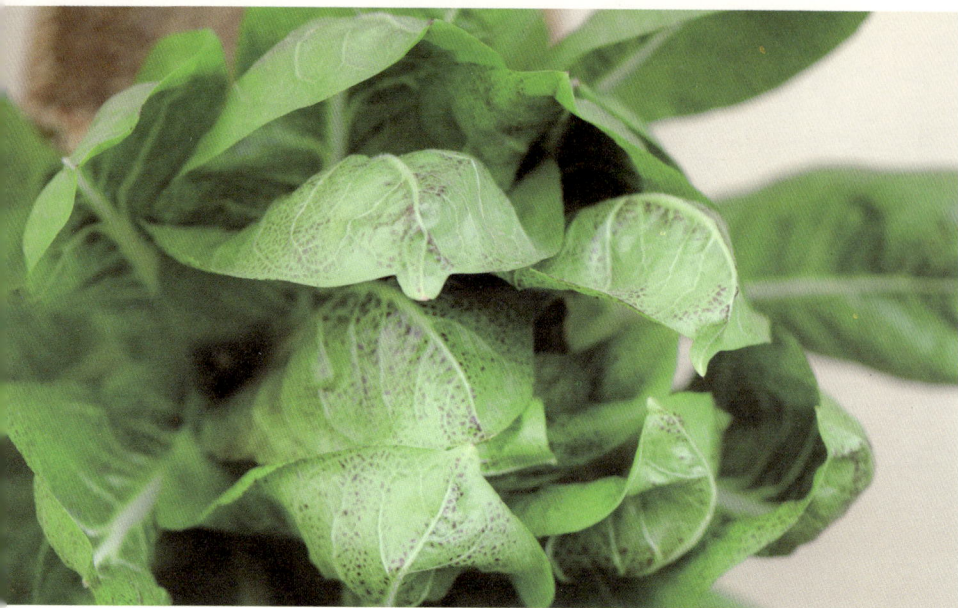

来杯复古的菊苣咖啡吗

咖啡爱好者可能都听说过菊苣根，很有趣的一种饮料食材，干燥的粗根磨成粉，苦味与咖啡类似，只是香味稍微淡点。

英法战争期间，英国封锁了海面运输，法国人没有咖啡喝了怎么办？于是，他们把民间土咖啡——菊苣根发扬光大，掺一点咖啡豆就能煮咖啡。这可便宜，菊苣是在欧洲普遍分布的野草啊。

后来到了20世纪30年代，美国经济大萧条，民众也遇到了这个问题，没钱喝真正的咖啡，于是照方抓药，喝菊苣咖啡。

直到今天，很多咖啡馆还把它当作一种复古风味，少量供应。菊苣也有了一个颇具趣味的小名"咖啡萝卜"——天晓得怎么来的，它跟咖啡和萝卜可都没半点亲缘关系！

我之所以会想到种一些菊苣，完全是被这种古怪又有趣的蔬菜吸引了，除了根，它的叶、花，每一部分都值得好好说说。

叶子部分是最直观的，多变的叶色与株形，令菊苣成为一种相当吸睛的蔬菜。到了七月底，这些野性难驯的大个子植物就进入了花季。在夏季的炎热天气里，原本矮壮的一丛丛菊苣，迅速抽出了扁平的花梗，高度几乎与人头齐平，然后，满枝的粉蓝花朵此起彼伏地开起来，在阳光下极为耀眼。

整个八月，我都沉迷于菊苣的蓝色花朵。令人遗憾的是，它太倔强，只肯在野地里开放。一旦被剪枝拿回家，无论放在多明亮的窗前，花朵都紧紧闭合，不再开放。

在最初的锋刃菊苣和将军菊苣之后，我又播种了几个更适宜人类生食的品种，结球红菊苣、半结球的深红菊苣以及颜色金黄的羽叶菊苣，分别尝了尝，越尝心越凉，结论是：在中国，这种蔬菜（野草）确实不太容易普及。

首先它生吃就比较苦，在欧洲特别是地中海沿岸的国家，菊苣是犹如苦瓜在中国一般的特色食材。然而，苦瓜炒熟后会变得比较温和，你要敢把菊苣加热——无论是炒是炖是煮，那不如去吃黄连。据说很多初至国外的留学生，都吃过这么一记暗亏。在超市里买到了形如小白菜的比利时菊苣，兴冲冲地

菊苣自播能力很强，这儿那儿，都能发现小苗身影

按照中餐做法烹调起来，尝第一口的时候，都会被苦到不相信人生。

所以，对待菊苣啊，就不要以蔬菜的标准来考量了，当它是一种有趣的庭园绿化植物吧。特别是当主人很懒，只想拥有花园而不想过多劳动的时候，挑个角落，播种点菊苣下去，在欣赏完了夏秋之交的蓝色花海后，初冬，挖出地下粗壮的根，晒干，磨成粉。

菊苣咖啡来了，请慢慢享用！

自己种菜这样玩：

摸黑种菊苣

- 秋末挖出的菊苣根，选粗壮的，略为修剪须根
- 放到泡沫箱里，加入种植土，埋至2/3处即可，然后喷洒足量清水
- 箱子用厚纸板遮光，确保黑暗环境
- 大约半个月后，便可以开始采收根部发出的菊苣嫩芽

夏秋之交总有两个月的蓝色花朵相伴

一个暖男，名叫紫苏

据说紫苏一名，亦是由"紫舒"演变而来，紫色的，让人舒服。

既是调料亦是蔬菜，可以生食可以快炒可以油炸可以冲茶可以做渍物，无论怎样都改变不了它那贴心的味道。李时珍这样说它："紫苏嫩时采叶，和蔬茹之，或盐及梅卤作菹食甚香，夏月作熟汤饮之。"

至于为什么是由李时珍来介绍它，因为紫苏还有一重药草的身份啊。

在传统医书中，紫苏的功效最主要是两种，一，发汗。所谓发散风寒，开宣肺气。二，止吐。用中医语言描述就是行滞气以和胃。而根据现代药理研究，紫苏中含有的紫苏醛，对于金黄色葡萄球菌有抑制作用，具有一定的消炎效果。

所以，如果患有风寒感冒，或消化不良时，泡杯紫苏茶喝喝还是很有效的，也就是李时珍说的"作熟汤饮之"，而且，味道还很不错。

比起药草的身份来，紫苏的蔬菜身份更得到广泛认同，这是一种怎么吃都行的食材，而且每种吃法都各有精彩之处，这种特质真是很难得。

在韩国，紫苏最常见的食用方式是搭配烤肉或者制作泡菜。日本民众用新鲜的紫苏叶搭配鱼生或寿司很常见，也用来做炸物，晒干的紫苏碎叶则是饭团不可缺少的调料。

在我们这个大吃货国嘛，生食的也不少，但更多的是作为热炒香料，加热以后，紫苏的香味会更为浓郁，在食欲不振的夏天，这种香气很是开胃。最具代表性的菜式是紫苏煎黄瓜，各种紫苏焖鸭、紫苏鱼也很常见。

另一种很有趣的食用方式，是冬天的时候，把紫苏子擀碎了和在面团里，用来做各种饼食，暖身，增香，推荐大家一试。

虽然都叫紫苏，但有的真的是全紫的，有的是一面紫一面绿，有的是全绿的，好在，大家判断紫苏都是凭鼻子，一闻，是它是它就是它。

这些颜色不尽相同的紫苏，在植物学分类上都是一种植物，唇形科紫苏属只有紫苏一个品种，这些形态、颜色各异的，称为变种。

我这几年，陆陆续续地把能找到的紫苏变种都种了一下，得出的结论是，全紫色的皱叶苏香气最浓，而且观赏性也最强，7-11 出售的饭团上会有黑紫色的碎苏叶，便是这种紫苏晒干后制成，如果想喝紫苏茶，也用这种紫苏为佳，泡出来的茶汤色泽粉艳，最为悦目。

全绿色的香气较为淡雅，但口感鲜嫩，生食最佳，用来做炸物也是这种比较合适。最常见的是一面紫一面绿的，野生的多半都是这一种，香气也挺

紫苏在幼苗期就可以开始采摘

浓的。叶片长得比较宽大，但精彩之处则不如前两种。

不管哪种紫苏，种植难度都很低。低到什么程度呢？紫苏是一种自播性能很出众的植物，就是前一年在这里种了紫苏，只要开花结子了，第二年，这里就会发出很多小紫苏。

所以，在花盆里播种紫苏，只需把种子撒下去，稍微覆盖一层土，浇透水，然后就坐等发芽吧。这种原产自东南亚的香草，喜欢温暖湿润、光照足的环境，在夏季长得最为旺盛。

在被空调吹到头昏脑涨的时候，揪下几片叶子，泡一杯紫苏茶，热热地喝下去，汗流浃背之后，你会发现，啊，整个世界都舒服了。

自己种菜这样吃：
紫苏烙饼

除了叶子，紫苏子也是一味特色食材，而且食用方式也很有趣。

- 将面和好，压成扁圆的饼坯
- 在饼坯上撒上紫苏子，然后擀压成形
- 在电饼铛里烙熟，香喷喷的紫苏饼就做好了

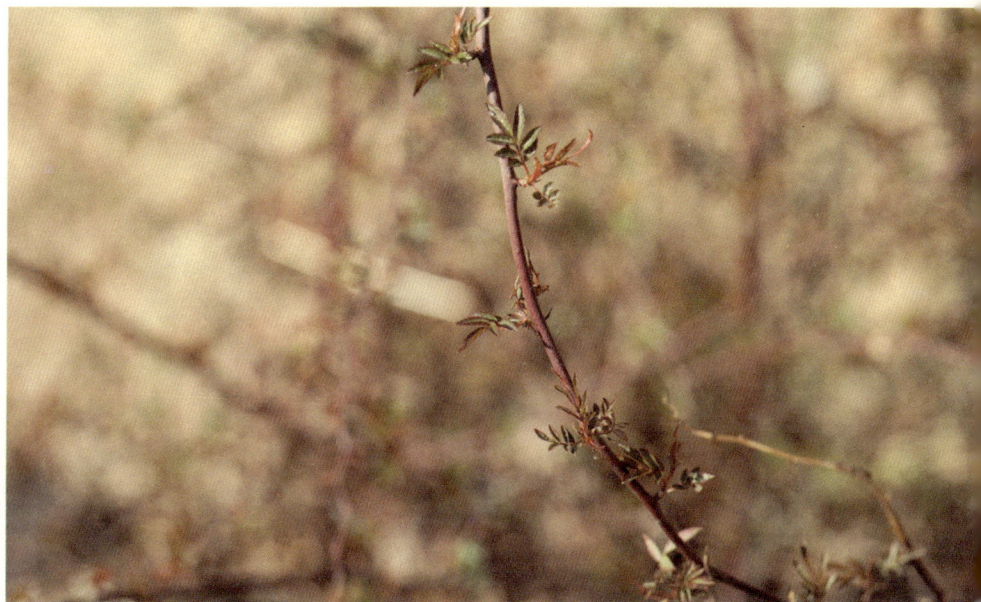

木香不开花，我也爱得死心塌地

与酥瓜同时烙印在旧时回忆里的，还有木香。

木香藤，别名木香，蔷薇科多年生开花植物，春夏之交开白花，初生的花苞是深绿色，渐转白，花瓣绵软饱满，触感如凝脂。明代文人程羽文整理的花月令中的四月花卉："牡丹王。芍药相于阶。罂粟满。木香上升。杜鹃归。荼蘼香梦。"

木香和荼蘼都是蔷薇科的爬藤植物，由于古代人们对于自然科学的不严谨，荼蘼究竟是个啥已很难说清，大致认为它就是指中国原生的悬钩子属重瓣空心泡。和木香的芬芳比起来，荼蘼的香，那实在不算什么。

然而，和能够盆栽的茉莉、栀子比起来，木香并不怎么适合今天的城市，这种原生于中国西南地区的芳香花木，野性难驯，种在花盆里一点都不出众，非要泼泼洒洒地开一架、一墙、一院，才足以尽展风姿。

幼叶萌生时，纤细婉转的美

  当年远渡重洋而来的英国植物猎人 William Kerr（威廉·克尔），慧眼识木香，把它运回了英国。他的赞助人，著名的植物学家、邱园奠基人之一、英国皇家学会会长 Joseph Banks（约瑟夫·班克斯）以自己妻子的名字为这株来自东方的芳香花木命名，所以，木香的英文名字是 Lady Banks' rose（班克斯夫人的玫瑰）。

  在欧洲的乡舍或是古堡花园中，偶然可见木香身影，斑驳的石墙，白木香开满，幽香四溢，将时光凝固于此。这种清冷，有人喜欢，有人无感。无论如何，与娇艳的藤本玫瑰相比，木香是过于素雅了。

  然而我对木香的爱，远胜玫瑰。

  我爱它绿树成荫，花开如雪，读汪曾祺散文中的段落，心有戚戚："一棵木香，爬在架上，把院子遮得严严的。密匝匝的细碎的绿叶，数不清的半开的白花和饱涨的花骨朵，都被雨水淋得湿透了。我们走不了，就这样一直坐到午后。"

  我爱它清冷芬芳，香远益清。江南暮春的夜风中，嗅着木香的芬芳，走在回家的路上，这远去的情调令人无比怀想。

  厨房花园的墙边，第一株种下的爬藤植物就是木香，算上移植时的苗龄，如今已经是四年的壮株，因为它耐不得低温，年年入冬时，都要搭架遮棚地做好各项防护措施，初春施肥，盛夏遮阴，如此精心伺候，长得倒是枝繁叶茂，然而却从来没开过一朵花。

　　这不是木香的错，是人类的错。"橘生淮南则为橘，生于淮北则为枳"，气候对植物的影响直截了当，然而，我就像个霸道总裁一样，打着真爱的幌子，硬要它在北京的郊区扎根，这份拧巴的爱，木香应该并不是很想领受吧。

　　然而，实在不能放手啊。"转过山坡，穿花度柳，抚石依泉，过了荼蘼架，再入木香棚，越牡丹亭，度芍药圃，入蔷薇院，出芭蕉坞，盘旋曲折。忽闻水声潺湲，泻出石洞。"

　　要我如何分说一个菜农对木香的痴爱呢？

　　"春风再美也比不上你的笑，没见过你的人不会明了。"

自己种菜这样玩：
凌霄之姿

和木香一样，凌霄也是一种经常入诗的藤本开花植物，热烈的花色让它更受欢迎，风姿也相当绰约。

- 选一枝线条较为简单的开花枝
- 修剪后，配树莓枝插瓶

矢车菊：something blue

Something old、something new、something borrowed、something blue.

上面这句话源于维多利亚时代的古老婚俗，婚礼上新娘的服饰必须要有一点新，一点旧，一点借来，一点蓝。新与旧都好理解，借来的习俗则类似中国人的借福，从生活幸福的朋友那里借来一点小装饰。最独特的则是一点蓝——从最早的蓝色婚纱，变化为蓝色手帕、蓝色吊袜带以及蓝色珠宝。

最著名的蓝色珠宝莫过于从戴安娜王妃传到凯特王妃手上的蓝宝石戒指了，要说它有什么缺点呢？就是过于稀缺和昂贵……

不过自打我种上了矢车菊后，对于蓝宝石的向往就变得淡了很多。

没错，蓝宝石中的极品矢车菊蓝（Cornflower Blue），正是得名于这种野花，在珠宝商的描述中，这种瑰丽色彩是"朦胧的略带紫色色调的浓重蓝色、并有着天鹅绒般独特质感"。由于产量极低，且只产于开采困难的克什米尔地带，矢车菊蓝宝石相当珍稀，价格，自然也只供普通人仰望。

进入初夏，我的书桌上隔三岔五地插着一束花园里采来的蓝色矢车菊，每次凝视这耀眼而温柔的蓝，都有一种莫名的满足感。——看，这么大一朵，要是换成宝石，至少也有150克拉吧！

当然这是属于园艺爱好者的自娱自乐。

厨房花园虽然以种植蔬菜为主，但每年早春，有几种野花也是必播的，琉璃苣、矢车菊和波斯菊排名前三。它们共同的特征就是生命力强健且花朵美，而且花色都在粉、紫、蓝这个区间，植株高大，花朵形态分别是大、中、小，搭配得刚刚好。一小片花海风中摇曳，特别有感觉。对了，作为蜜源植物的它们，还能吸引不少蜜蜂蝴蝶，整个花园就更加生机勃勃了。

除了欣赏，琉璃苣和矢车菊还都是 edible flower（可食用花朵），虽然味道都是淡淡的小清新风格，但颜值实在爆表。剪两朵矢车菊，轻轻扯下柔嫩的锯齿边花瓣，无论是撒在蛋糕或是冰激凌上，都养眼得紧，沙拉里也可以加入。需要注意的是，花蕊部分涩味很重，不能食用。

三月播种的矢车菊，差不多六月初也就开花了，盛花期大概能持续一个月，

一起播种的矢车菊，开出了不同的粉、紫、蓝色花朵

到了盛夏，畏热的它就渐渐枯萎了。所以，早晨劳作完毕，蹲到这一小片花丛之前，寻找纯正的蓝色花朵，是初夏特有的消遣。

说来也很有趣，同样一批种子，开出什么颜色的花朵，却要看天意。甚至是同一株矢车菊，今天开的这朵是淡粉色的，转天再开一朵，就可能是深蓝色的，完全搞不清逻辑在哪里。转念一想，这种不期而遇的惊喜，可能才是种矢车菊最大的乐趣吧。

早春播下一片矢车菊时，我就在默默盘算，今年能收获多少矢车菊蓝呢？

就，看人品吧。

自己种菜这样玩：
矢车菊冰块

作为一种可食用花材，鲜艳明亮的矢车菊用来制作冰块再合适不过了。

- 采集盛开的矢车菊，去除花蕊
- 放入冰格，加入清水，冰冻五至六小时

一个被楮桃儿砸到的早晨

博物学者理查德·梅比在《杂草的故事》中这样写道：所有杂草的定义都是从人类的角度出发的。

一个被楮桃儿砸到的早晨，我突然对这句话有了更多的理解。

故事是这样的，我好好地走在路上，忽然觉得脑袋被什么砸了一下，不太疼，然后，一朵娇艳的花……抑或果实，从头顶弹落下来，啪嗒一声砸在地面上。

一只楮桃儿，楮树的果实，看上去很像朵花，其实是由花序发育而来的聚花果，初秋时节正值成熟期。

自从苹果砸中牛顿之后，人类对于天降瑞果这一类的事情总是很欢迎的，所以，我完全没有被砸的恼怒感，反而笑眯眯地把这只楮桃儿带回了家，清水冲洗了，啃得干干净净。

艳丽的橙红色是吸引昆虫的一大法宝

味道是清甜里略带酸味，汁水很足，那种天生天长的野果风味令人欲罢不能，以至于啃完了一只，我甚至开始考虑，要不要保留一下园子里的那株楮树。

在菜农的世界里，楮树绝对不是受欢迎的存在。事实上，它是被归入需要清除的"杂草"一类的。没错，它是树，而且是能长得非常高大野性的树，但由于木质松软、侧枝众多，做不成房梁也打不成家具，"今子有大树，患其无用"，无法见容于现代农耕社会，更无法被纳入讲究规划的城市环境中，所以城市周边的野生楮树，大多已被砍伐，唯有难以全部挖出的树根，春风一吹，便萌发出一丛丛细幼的树苗，根之所至，苗之所长，既占地又遮光，成为田间地头一类令农人不胜其扰的"杂草"。

我园子里的那一棵，就是不知何年何月留下的一箆树根，从春至秋生机勃勃，稍有几天没关照到，就能见到毛茸茸巴掌大小的楮叶从百里香丛里冒出来，剪了发发了剪，在这样的拉锯战中，因为耐心失尽而败下阵来的永远是人类。随它长去吧，直到枝条茂盛成团，再一鼓作气，彻底歼之。

楮树是不是生来就这样不被待见？当然不。《笠翁对韵》里说"墨呼松处士，纸号楮先生"，彼楮即此楮也。楮树皮造纸早在南北朝时候已经出现，中国历史上有一个著名的香艳故事，刘、阮入天台遇仙女，开始为的其实是遇楮树。"刘晨、阮肇共入天台取穀皮。"穀树（后误传为谷树）、构树，都是楮树的别称，自唐至宋，楮纸大盛，特别在宋代，以"交子"为名的古代纸币，指定使用楮皮纸，堪称最早的人民币专用纸。

直到明初纸钞增发导致货币系统崩溃，厚实硬挺的楮纸才退出了历史舞台，在日常生活中被宣纸取而代之，楮树也由此变得地位尴尬，从现代人所谓实用的角度看它，除了用作速效绿化树或防风林，似乎就一无是处了。

显赫或没落，被看重或被冷遇，楮树一无所知，春华秋实，年年依旧。零星生长的楮树，没有乡间顽童来采摘果实，楮桃儿熟透后就自动掉落，偶尔砸中一两个过客，比如我。

生活在城市环境中，从建筑到绿化植物，一切都是被规划妥帖的。人行道上春天开满樱花，秋天银杏金黄，整齐划一，按部就班，绝不会凭空落下一只楮桃儿——这种野性难驯的原生植物早已被清除干净。

然而，人生岂能只赏樱花与银杏？

结束黄昏的劳作，夕阳仍有余晖，这是田间最宁静的一段时光。我把小马扎挪到又发新枝的楮树根边上，与它端坐相对，默默无言。

自己种菜这样玩：
追忆旧时

随手捡拾的素材，其实也可以是很好的家居装饰品。

- 枝头的果实还是绿色，毛茸茸的很萌
- 随意搁在小瓶上，无须水插供养

亚麻、鼹鼠和埃及艳后

　　游牧民族是逐水草而居,我这个菜农是逐阳光而劳作。而且按照季节不同,有时候是追着阳光,有时候是躲着阳光。

　　比如夏天就一定要赶在日出之前,天气尚为清凉,有露水做伴。春秋两季则以黄昏之前的那段时光最为温暖舒适,夕阳返照,菜园里岁月静好。

　　但这种只挑鲜桃吃的做法,也容易漏掉点什么。

　　2016 年蓝亚麻的花季,我就险些错过了美景。时值四月,下午三四点钟下地劳作最适宜,每次路过就长在大门边上的蓝亚麻,我都要纳闷一下:明明早就结出满头花苞了,怎么总也不开花?

　　在旁边锄草的老范,一语道破天机:"开过了,一大早开。"

　　我居然不知道蓝亚麻是个勤快人,赶着清晨五六点钟开花,过了正午,花朵逐一闭合,等我下午来的时候,已经全无痕迹,仍然是满头花苞低垂做

亚麻花开的盛景，值得铭记

含羞状，实在是个小没良心的。

第二天，我赶了个早，终于目睹了蓝亚麻开花的盛况，深觉值回票价。大丛淡蓝色五瓣花朵闪闪发光，深紫色的斑纹沿着芯心在花瓣上铺开——据说，这是指引昆虫前来授粉的小路，更浓艳的色彩和微有凸起的质感，确保将蜜蜂或蚂蚁带到花朵最需要它们的地方。植物的进化默不作声却令人赞叹。

虽然亚麻籽能榨油，但开始想要种它，却不是从食用的角度考虑的，完全是因为一部经典动画片——《鼹鼠的故事》，有着老式的温情与充满自然美感的画风，鼹鼠的生活，让我这个人类很是向往。而亚麻，就是动画片其中一集的重要主题。

鼹鼠想要一条工装裤，他得先找到布料。亚麻表示，我可以提供材料，但你得先帮我浇水捉虫。于是，鼹鼠展开了辛苦的劳作，他获得了亚麻，经历泡、晒、织等一系列过程后，布有了。龙虾帮着裁，苇莺帮着缝，鼹鼠美美地穿上了新裤子。

很难想象，天天在草丛里穿梭的小鼹鼠，与传奇的埃及艳后，穿的是同一款布料吧。

尼罗河流域非常适宜亚麻生长，所以在古埃及，从法老到平民都穿亚麻布，只是贵族所用衣料纺织得更为精细，轻薄飘逸的白色亚麻布，在行走间带起自然的褶皱，既性感又清凉，克娄巴特拉女王日常所穿的白色 Tunica（埃及传统女式服装）正是亚麻布所制。

不过，园子里这丛开花的蓝亚麻，与鼹鼠和艳后所用的亚麻还略有区别，一年生亚麻是重要的经济作物，根据用途又分为油用与纤维用两种。而外形相似的宿根亚麻因为花朵更大更美，主要用于园林绿化。

在动画片中故事的开始，鼹鼠挑着刺角瓜做成的水桶，来帮亚麻浇水。

我也经常帮亚麻浇水——它其实是耐旱怕涝的植物，最需要的是阳光充足。在这片没遮没挡的空地上，头年秋天移栽的小苗，第二年春天就长成高过人膝、内径逾米的一大丛，此起彼伏地开花，几十天的花期里，这蓝色的星星始终闪耀在田间。

夏天来得很快，怕热的蓝亚麻变得不那么神气了，会出现自然枯萎的现象。

狠狠心，趁着茎条还青绿的时候我剪收了一大把，放在厨房的窗台上晾晒起来。晒干的亚麻是最原始的素材，之后要捶成丝，织成布，再染上色，才能用来制作衣服。

后面的工序我没有开展，这把晒干的亚麻就插在花瓶里，等待有一天，那只可爱的鼹鼠来敲门，等它问我："你能为我做一条裤子吗？"

自己种菜这样玩：
亚麻干花

虽然只有一丛亚麻，做不了裤子，但作为干花还是非常美的。

- 从根部齐根剪下一束亚麻花枝
- 放在通风的地方晒干，轻轻地插入大花瓶

且为灰灰菜，论一段因果

　　菊苣、芝麻菜、垂盆草……可以很清晰地看出，我这个菜农的种植是多么配合国际膳食潮流，连藜麦都动过脑筋，并顺带着重新认识了司空见惯的野草——灰灰菜。

　　南朝时期的无神论者范缜有一段论因果的话相当著名："人生如树花同发，随风而堕，自有拂帘幌坠于茵席之上；自有关篱墙落于粪溷之中。坠茵席者，殿下是也；落粪溷者，下官是也。贵贱虽复殊途，因果竟在何处！"

　　按理说种菜不太需要思考这种形而上的事情，然而，当看见园子里茂盛的灰灰菜时，我时常有"因果竟在何处"的感慨。

　　灰灰菜是春季常见的野菜，绿色叶片上有一层薄薄的灰白粉末，所以俗称灰灰菜。灰灰菜是可以食用的野菜，在明代的《救荒本草》中亦有记载，"采苗叶炸（煠）熟，水浸淘净去灰气，油盐调食。晒干炸（煠）食尤佳。穗成熟时，采子捣为米，磨面作饼蒸食，皆可。"

在山东农民老范的建议下，我试过一次嫩叶，不好吃，酸、涩，说不出什么味道，也只能当荒年救饥之用。至于"采子捣为米"这个环节，实在太过费事，还没有尝试过。

感慨灰灰菜的际遇，是因为藜麦。这几年席卷全世界的网红食材，被联合国粮农组织认为是唯一一种能够基本满足人体基本营养需求的单体食材，即全能食物，然后NASA（美国国家航空航天局）把它列入了宇航员的太空食品，Instagram（照片墙）刷一刷，藜麦沙拉出镜率不要太高。在众人追捧之下，藜麦单价保持在每公斤近百元，绝对属于贵价食材。

然而，第一次看到藜麦幼苗时，我相当震惊，这真的不是每年都要交战七八个月的著名野菜灰灰菜吗？不是错觉，灰灰菜和藜麦是极近的近亲，国内亦有农业科研人员认为，藜麦就是灰灰菜中穗部发达籽粒高产的人类选育种，不过，这个观点目前还没有得到普遍的证明。

其实藜麦在中国还有位近亲，杖藜。没错，就是"说与旁人浑不解，杖藜携酒看芝山"里提到的那东西，西北、中部地区都有种植，嫩叶是菜，等它长到一米多高后，茎秆硬实，古人用来做拐杖。

灰灰菜、杖藜、藜麦，草生际遇，也真的是令人心生感慨呀。

而藜麦的走红也并非人人欢喜。

在南美安第斯山脉海拔约4000米的山区，几乎所有农作物都难以种植，

灰灰菜是春天最常见的野草之一

在深秋季节，结籽的灰灰菜仍然有着强健的生命力

唯有藜麦能够保持稳定产量，藜麦的英文名 quinoa 便是由当地方言中对它的称呼 kinwa 转化而来。

它不是谷物，严格说来，其实是一种菜籽。几千年来，一直是当地农民的主食食材。拜藜麦营养丰富全面所赐，这片贫困山区的营养不良率才没有高到惊人。

然而，当藜麦一夜间成为全球追捧的超级食物后，当地的宁静就不复从前了。大量出口供不应求导致在原产地，藜麦的价格贵过肉……然而肉并没有降价。城市里的贫民原先就不怎么吃得起肉，现在，连藜麦也失去了。产地的农民虽然目前仍在食用藜麦，但随着价格的进一步上涨，终归有一天，他们会用藜麦去换别的进口粮食。

用我们中国人的哲学来总结，这叫："庭前生瑞草，好事不如无。"

自己种菜这样吃：
救荒古早味

结合《救荒本草》和山东农民老范的建议，我尝试了一下古早味的灰灰菜团。

- 采较肥美的灰灰菜嫩茎，洗净
- 热水汆烫，挤去水分后捏成团子，浇调料汁食用
- 结论：野菜还是要驯化了以后才好吃

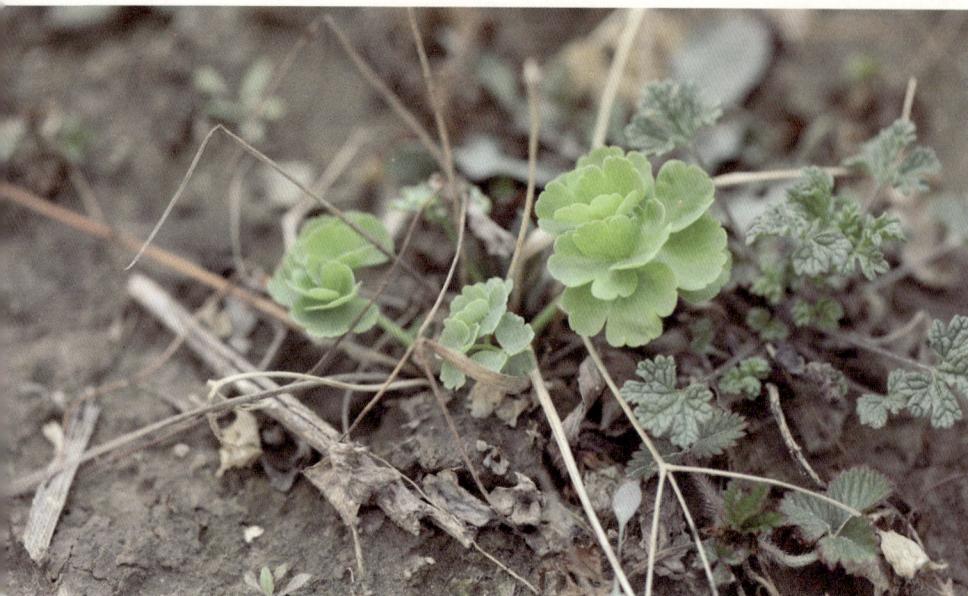

在看脸的世界里，耧斗菜将一直赢下去

虽说厨房花园的入选标准是能吃，但总有一些颜值爆表的植物，令我无法坚持原则，毕竟，这是个看脸的世界啊。

耧斗菜就是这么一位特别的存在。

Aquilegia viridiflora Pall. 在中文里被称为耧斗菜，因为它的花形像古代播种的器具耧斗。当年还对它不甚了解的我一听这名，立刻心生亲切。又是耧斗又是菜的，多么朴实，多么农家本色，种种种！

在之后的几年里，每当再一次重复"有毒有毒，不能吃"时，我就后悔当初不该以名取菜，但是，要说把它从园子里清除出去……那也真心舍不得。一种极其耐寒、花朵耀眼的宿根地被植物，不能吃？那算什么大缺点！

耧斗菜属有很多原生品种，有些直接就以地域命名，比如加拿大耧斗菜、西伯利亚耧斗菜、秦岭耧斗菜。北京附近能找到的是华北耧斗菜，假如在春末夏初的时候去爬百花山，一路都有这窈窕的蓝色花朵做伴，偶尔还会出现变异种。"1999年6月25日，我们在雾灵山莲花池西北龙吟泉附近公路旁林缘，采到一株自然变异的重瓣华北耧斗菜。"——《植物杂志》，2000年。

园艺业者则通过各种人工方式来诱导这种变异，培育出了颜值更胜一筹的重瓣品种，这下耧斗菜真的是战无不胜了。引人注目的花冠背后，长长突起的矩是一眼能够识别的特征，兼具华丽与个性，而也正是这个被称为"矩"的管状结构，让它成为被诸多自然书籍举例的进化案例。

花瓣下部延伸开成长管状，前来采蜜的昆虫就无法轻易获得花蜜，需要费时费力地钻进去，这样就提高了传粉效率。

有没有想起达尔文的进化论？有没有想到他关于马达加斯加岛大彗星兰的天才预言？当年达尔文收到这种长矩兰花的标本，就直接推断岛上同时还生活着一种口器超长的昆虫，足以为它们传粉。几十年后，德国科学家终于拍到长喙天蛾前来采蜜的画面，从而证明了这个判断。

耧斗菜比大彗星兰更有趣的是，分布在欧、亚、北美的不同原生品种，矩的长度也适应当地的生物品种而发生了变化，有的极长，有的极短，让人感慨植物的智慧与进化的神奇。

独特的花形是它的名字由来

　　这种类似的进化过程，让原来并无直接关系的耧斗菜和达尔文家族之间，有了一种奇妙的联系。在耧斗菜的园艺品种中，有一个很普及的重瓣品种被培育者命名为 Nora Barlow（诺拉·巴洛），Emma Nora Darwin Barlow（爱玛·诺拉·达尔文·巴洛）正是达尔文的孙女，她曾为祖父编辑出版多本重要著作。

　　伟大的科学家、传奇的植物、耀眼的花朵，这真是一段委婉的、奇妙的、动人的缘分，也让我这个随意种植几株耧斗菜的农人，对自然更为敬畏。

自己种菜这样玩：
装一罐春意

水罐是我最喜欢的生活花器，它代表的是一份脚踏实地的烟火气。

• 剪几枝正在盛开的蓝花耧斗菜
• 配两棵紫色羽叶芥菜

支架有多高，丝瓜就能爬多高

实用指南

如何让你的菜园 新意十足

实用指南

　　卖家秀是缤纷交错的蔬菜花园：耀眼红花菜豆配着高大气派的朝鲜蓟；紫绿生菜纵横成行；金色、红色和白色的甜菜组成了彩虹方格；大蓬旱金莲逶迤在地块边缘，让人如同走进了童话世界……

　　买家秀是：黄瓜两排；西红柿一行；小油菜排开长在萝卜垄旁边，这浓浓的农家乐风情，让人只想再养几只老母鸡……

　　几年来，与各位同好一直探讨，自己也在一直摸索的，就是如何克服这种落差，立足本土，真正打造出既高产实用，又有时尚美感的观赏型菜园。

1、"老三样"还要不要种

黄瓜、豆角、茄子、西红柿、油菜、萝卜，这些常见的蔬菜品种，种植方式也已形成定式：成行、成畦、搭竹竿架。假如不加思索地照做，恭喜你，农家乐成就达成。

那么，索性抛开它们，专种各种高大上的洋气蔬菜行不行？我的答案是不行，这就叫因噎废食，常见的蔬菜，正是我们生活最需要的。从口感、产量、种植难易度、饮食习惯各方面来衡量，这些"老三样"都不能不种，而且一定要作为每季最先配置的基础班底。

只要稍微转变一下思路，学习新的种植技巧，"老三样"就可以变得很时尚。

以豆角为例，将成排种植改为只在中心地区种植几株，辅以塔架或梯形架供它攀爬，开着白花的豆角会立刻成为这一区的焦点。或选择几种友好植物拼配种植，既能够改善单调感，又互为驱虫或促进生长植物。比如西红柿和罗勒、茄子与薄荷、黄瓜与生菜都是有机农业里的常见搭配。

2、哪里能找到有趣的新品种

经常有人问我，你的这些品种都是从国外背回来的吗？

怎么会！

种子进口有非常严格的检疫制度，人肉捎带是不可行的。不过，国内相关机构会持续引进 Franchi（弗兰基）、Takii（塔基）、泛美这些著名育种公司研发的新品，通过电商购买是很方便的。

除了原包装进口的种子，国内农科机构以此为母本自己培育的品种更值得推荐，因为它经过一定优化后，更适合本土气候。

而且，中国是如此地大物博，各省的特色蔬菜只要有心去挖掘，那简直是种不过来，而且很多都相当优秀，观赏和食用价值都很高。冬寒菜、白芹、红菜薹、小金瓜、金花葵、沙葱……这些都是我去不同的地区旅游的时候，顺手捎回的蔬菜种，种出了很多惊喜。

就算不了解以上这些途径也没关系，在农业相当发达的现在，随意打开一家在淘宝上比较有规模的种子店，总有几十个类别几百个品种，随你挑选！

3、新品试种要注意哪些事项

新意味着毫无经验，对这种蔬菜的习性一无所知，仅凭着包装上的简单说明，或是书上查来的些许资料，就开始种植，确实容易踩雷，我就经常被炸得灰头土脸。然而，踩过一次就好了，失败乃成功之母也。

总结起来，做到这几条，能大大减少踩雷的概率。

首先，在新品试种之前，一定要对它的基本资料了然于胸，科属、大致习性、原产地等，这些条件可以作为参考，帮助做出判断。或是寻找有没有已经普遍种植的亲属品种，这也很有帮助。

其次，少量试种，且种且观察。我的做法是划出一片地来，专门多品种少量地种植新品，这样能腾出精力来照料。而且，无论是成是败，都要认真观察，如果出现问题，要及时找出原因，以便二次种植时能有效避免。

第三，相信自己，实践出真知。新品蔬菜的种植资料少，甚至还存在一定的误导，所以，种植的时候要小心摸索，不要一切唯资料论，多逛逛园艺或农业论坛，时有惊喜收获。

4、有哪些观赏型蔬菜值得一试

在我开始种菜的第一天，我就把自己的主题确定为"厨房花园"，这个源自英国的园艺类型，是指在自家庭院里种植蔬菜，达成食赏两用的目标，所以，一直以来都特别注意观赏型蔬菜的搜集，对小面积种植者来说，它们相当值得推荐。

最重头的一类是可食花卉，以旱金莲、琉璃苣、可食玫瑰为代表，它们既是观赏植物，又能贡献各种特色食材，在蔬菜区可以随意搭配。

香草虽然对中国人来说属于边缘蔬菜，但它们对于提升整个菜园的颜值

猕猴桃的株形极其优雅，不结果也可以当成观赏植物来养

和气质都非常有帮助，而且与生菜等混植还有颇强的驱虫效果，也是必备品种。如迷迭香、百里香、虾夷葱等，都是很容易打理的强健品种，部分还可以露地过冬，投入小，收获大。

此外，许多常规蔬菜其实也有美貌品种，在选择的时候多参考一下外观。比如皱褶叶的生菜品种、羽衣甘蓝、迷你型南瓜、叶用甜菜等，甚至连莜麦菜都还有紫叶的可以选择呢，种上了这些萌物，你就会发现菜园的面貌会日新月异。

5、有没有可供参考的视频、图书资料

随着有机农业的发展，无论国内国外，回归田园自己种菜都是一种潮流，相关的专业书籍、纪录片、示范项目也很丰富。作为新人，两头都不能放下，一边下田实践，一边案头学习，这样才能提升得快。

英国是园艺大国，BBC颇有几档王牌节目，而且国内亦有字幕组汉化引进。特别推荐的系列长青节目是《园艺世界》（*Gardeners' World*），以花园植物为主打，但蔬菜种植的比例并不低。此外，专题片如英国的《食材花园》（*The Edible Garden*）、法国的《菜园里的战争与和平》（*Guerre et Paix dans le Potager*），也都非常有借鉴性。

搜索引擎好好利用，资料无穷无尽，无论是老式的博客还是网红聚集的Instagram，园艺＋美食都是热点，关注收藏之后，就可以随时跟进了。

当然，身临其境的学习效果是最棒的，不妨在旅行计划中加进一点这样的内容，比如近来走红的可食小镇Todmorden（托德摩登），行走其间，从菜地到咖啡馆，城市与自然和谐统一的氛围，是相当有启发的。

6、观赏与食用之间的平衡点该如何把握

虽然现在花园和菜园之间的界限日益模糊，出现了"可食地景""食物森林"等新概念，但尚未普及。对大部分种植者来说，还是要分清花园与菜园的本质区别——实用为主，兼顾观赏，还是反之？

这个比例不是确定的数字，还是要依据每个人的具体需求来做判断，如果暂时还没有明确认识，我觉得可以从 2 ∶ 8 开始，2 是观赏类，8 是食用类，采取分区种植的形式，在菜园里留出一小片休憩区，将观赏品种集中种植于此，然后再慢慢调整。

此外，还要考虑到精力的投入，立体混植的蔬菜花园，肯定比分畦单植的传统菜地要花费更多的时间来打理，综合面积、个人时间、预算等因素来考量，才能找到属于自己的最佳平衡点。

PART 3

第三章

种在身边，
也种在心间

卢梭在《植物学通信》中这样写道：
"亲爱的朋友，你一定不要把植物
学看得比它本身更重要，这是一门
纯粹出于好奇的学问，除了一个热
爱思考、心性敏感的人在对大自然
和宇宙奥秘的观察中所得到的快乐
之外，它别无现实的用处。"

案头、窗边、阳台，身边随手种下
的蔬菜，并不仅仅为了饱口腹之欲。
在这个过程中，我们所得的，已远
超过我们所付出的。

一米菜园，其实也挺难种的

———

一米菜园，Square Foot Garden，一个风靡许久的、针对现代都市生活提出的密集种植园艺方案，核心理念是在一米见方的面积内，通过多种轮植的高效统筹，来达成"一米菜园种出一家人所需蔬菜"的美好目标。

听起来 so easy（超简单）是不是？但我想泼点冷水。园艺书上的示范，就像时装杂志里的明星街拍一样，总是那么"哎哟看起来好简单"，但是"我自己怎么做都没那个效果"。

真相呢，是这样的——

作为一种都市农业的精致模式，听起来门槛很低的一米菜园并非你随便看看就能种好的，它至少需要且不仅限于以下这些前提：

1、熟知多个蔬菜品种的习性及彼此间的关系；

2、对种植这件事情有较足的经验；

3、有充足的时间打理这个小菜园；

4、愿意投入一定的金钱（有可能花的钱够在超市买三倍蔬菜）

5、有相当的统筹才能、应变能力；

6、非拖延症、懒癌患者，不怕日晒风吹；

…………

辣椒是相当不错的盆栽蔬菜

托斯卡纳黑甘蓝看起来有点像中国小青菜，味道可完全不同

不同品种的生菜混在一起，格外有效果

所以，给你一个非常诚恳的建议，与其上来就想种好一米菜园，不如先试试一盆菜园。

所谓一盆菜园，并不是个固定的名词，用比较理性的语言解释，可以叫它"蔬菜组合盆栽"，考虑好植物生长需求、习性、收获周期的搭配，将若干种不同但又能够和谐相处的蔬菜，种在一个大盆里，在尽可能提升产量的同时，也拥有丰富立体的观赏效果。

作为拥有两亩地的"富人"，我当然是觉得地栽蔬菜是王道，然而当所有的朋友都问我"在阳台上怎么种这些菜？"的时候，不断地尝试组合蔬菜盆栽，也成为日常生活的重要内容之一。

无论是种组合盆栽还是种一米菜园，品种的搭配都是关键，小面积的丰收最重要的是效率。我的经典比例是 5：3：2。

50% 的面积种植小型叶菜。诸如菠菜、茼蒿、生菜、油菜、小白菜，如果嫌这些过于家常，芝麻菜、京水菜、酸模这些比较国际化的品种也不难。小型叶菜的好处是撒了基本会出苗，苗长不大也能做成幼叶沙拉。就像武功里的太祖长拳，小和尚也能练，往深了练也是有足够的空间。

30% 种植大叶或适宜盆栽的结果蔬菜。诸如叶甜菜、羽衣甘蓝、芥菜、辣椒等，这类蔬菜叶片既大且美，色彩丰富，是迷你菜园里的颜值担当，而且可以持续收获，是需要慎重考虑后确定的品种。

余下的 20% 呢，毫不犹像地种植香草。诸如罗勒、迷迭香、西洋香葱、旱金莲、百里香等，这些香草既是好用的调料，同时又具备浓郁的香味，可以帮助合植的蔬菜们赶走害虫，大大减少损失。

最后，有一件非常重要的事情要提醒各位。

接受不完美。

你的迷你菜园不可能像园艺示范书上的那样永远井井有条，美而精致。但它会带给你真实的、不可替代的乐趣。观察种子发芽；等待一朵花开；亲手收获；与亲爱的人分享……

这个世界上，没什么比这更美好的事情了。

自己种菜这样吃：
洋菜中吃

虽然喜欢种很多欧洲常见的蔬菜，但在烹饪方式上却很难照搬，所以经常需要洋菜中吃，比照类似的中国蔬菜，来品尝这些外来客，比如托斯卡纳黑甘蓝我就经常当成乌塌菜来吃。

• 采收黑甘蓝的嫩叶
• 煮汤面的时候，最后放进去，略余烫后当菜码食用

厨房里的豌豆尖全产业链运作

如果有志于踏入在家种菜这个领域，我觉得适宜的开始时段，是冬季。对，不是春季。

从要求略低的室内水培芽苗菜开始，对种菜这件事会有比较真切的认识，比如，先种点豌豆尖出来。

据四川一带的朋友说，没有豌豆尖的冬天，不能算是完整的冬天。

而且他们对豌豆尖有严格的标准限定，只有种在土里，成年豌豆植株上长出的大量嫩梢才算对版，且不称为尖，而是亲切地唤它"豌豆颠儿"，一个俏皮的儿化音，简直有种心肝都颤三颤的柔软感。

像我这种在厨房窗台上用水培法种植出来的豌豆幼苗，是不能称为豌豆尖的——四川人会鄙夷地看一眼，然后说："啥子，这是豆苗儿嘛。"

无论是自己种，还是去菜市场购买，被称为豌豆尖的，的确就只是幼苗而已。

北方的冬天，温度已然低到不足以支持豌豆植株的生长了，在室内花盆里，用豌豆催生出高约一掌的盈盈小苗，收割下来，嫩绿鲜甜的一味，是火锅涮到最后的爽口小结。

甭管叫什么吧，反正这东西，好吃。带有一种难以形容的豆科蔬菜的清香，脆嫩无渣，尤为讨喜的是大部分蔬菜炒过后都会变成暧昧的暗绿色，但豌豆尖不，它风骨铮铮，热水一烫，越发鲜绿青翠，吃起来脆而甜。

在冬季可以室内种植的几十种芽苗菜中，豌豆尖永远是第一顺位的选择，种植难度低，芽苗挺拔秀美，而且在芽菜中算是非常壮实的大个子，再加上可以多次收获，无论从哪方面来衡量，都十分值得一试。

盆栽豌豆尖使用的基本都是白豌豆、麻豌豆，也有用灰豌豆的，但绝没有用青色甜豌豆的。这是因为各种豌豆的用途不同，白的、麻的属于粮用豌豆，淀粉含量高，能够给小苗提供更充足的营养。而青豌豆水分含量高，甜度高，主要用来做菜。

花盆、水钵、盘子，都可以用来培育豌豆尖。新鲜的白豌豆浸在浅浅的清水里，略微覆盖一层碎石，放在室内比较阴暗的地方，保持水位，几天后就能观察到小芽从石缝间露头了，这时候就可以搬到阳台上晒太阳了。一周以后，芽苗已经长得很有样子了，十天左右收获，剪收的时候不要剪得太靠根部，这样第二波很快就能再长出来。

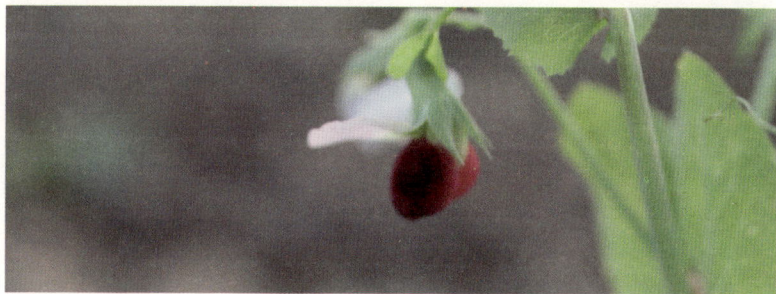

荷兰豆的花朵有种难得的娇艳

　　食谱要视收获量而定，在家种菜最头疼的就是产量不稳定，有时候多到吃不过来，有时候又少得只够点缀，豌豆尖的好处是丰俭随意。分量足够，那就炒个酒香豆苗。盈盈一把，煮个热汤面当浇头也不错。总之，像这样新鲜美味的食材，绝不会被浪费。

　　整个冬天，种了吃，吃了种，一场完美的豌豆尖的全产业链运作，在厨房里就轻松完成了。而且成本相当低廉，豌豆市价 15 元一斤，一斤就够运作整个冬天的。

　　我在北京的家里，烫着豆尖；随你在成都的街边，春风十里。

自己种菜这样玩：
新春果盘创意摆

春节的时候家里总要随时摆几个果盘，招待来拜年的客人。除了传统摆法，还可以玩出很多新花样。

- 英式下午茶用的多层点心盘，下面一层摆水果
- 上层端几盆长势正旺的盆栽芽菜，生机勃勃，口彩上佳。

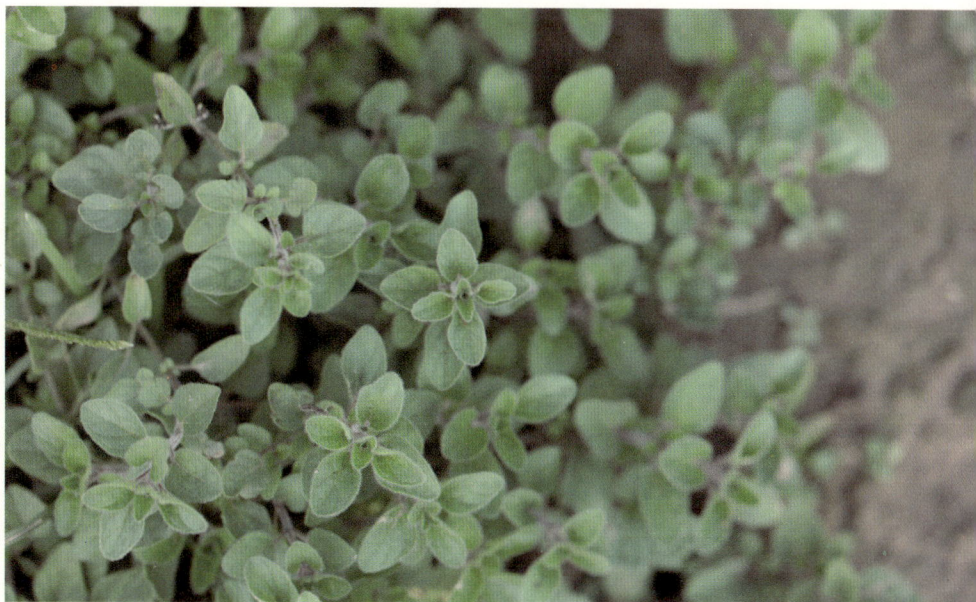

香草苗难找？去趟菜市场吧

———————

　　在任何一座厨房花园里，香草都是不可或缺的品种，而我也是早早地规划了偌大一片区域，希望这里遍植百里香、迷迭香、旱金莲、甜叶菊、龙蒿……

　　然而，第一步采购就遇到了难题。大部分香草无法像常见蔬菜那样，靠播种繁殖，一则种子过于细小，发芽困难；二则从芽到成株，生长期太长。所以，通常是直接移栽种苗或者自行扦插。

　　但是，香草在中国的普及度，并没有想象的那么高，所以，要买到对版的香草种苗，那还真是要费一番功夫。网上购买，植物状态无法保证，而且实物和图片经常有差，大型花市里也只会阶段性地有一些常见品种出售。

　　我跑了两个地方，就完美地解决了这个难题。

　　第一个地方是麦德龙，这家超市的生鲜部，有一小片区域专门出售新鲜香草，大多从云南运来（因为只有这里才能保证四季稳定供应），都是剪收

百里香的健壮枝条，既即可以食用，也可以用来扦插

的嫩梢枝条，几十枝装一袋，售价不过十余元。

别人买它，是用来做烹饪调料的，我买它，是用来当扦插材料的。虽然比起专门挑选的扦插枝条，品质上会差一些，但是靠着后期的绿手指技能加持，仍然有不错的成活率。

既然用途不同，挑选的标准当然不一样。烹饪用的，枝条越细越嫩越好；种植用的，要专挑那些比较粗长的，而且隔着透明塑料袋仔细观察一下，尽量选叶片还能保持硬挺的。买回家以后要马上处理，泡水复鲜，挑出合用的枝条，剪掉下端一小截，然后将新鲜切口浸入水中，泡几小时待枝条恢复水灵后再进行扦插，十之七八都能发根。

为什么不直接买盆栽小苗，而要跨界去抢超市的食材自己扦插？理由有很多条，且不说节省精力、经济实惠这些现实的理由，单就这种"只有我知道"的窃喜感和成就感，不就足以决定选择了吗？

目前厨房花园里栽种的龙蒿、红骨九层塔、苹果薄荷和日本薄荷都是来自麦德龙，唯一要吐槽的是龙蒿并不是最主流的法国龙蒿，而是俄罗斯龙蒿，好处是能够露地过冬，缺点是口感不及前者。有些不能过冬的品种如九层塔，需要在秋末的时候重新剪收枝条，扦插一批幼苗在室内过冬，如是代代相传，也算延绵不绝，如今已是园子里的一拨大势力。

　　能够和麦德龙家族抗衡的，是三源里菜市场家族，这是北京的一家网红菜市场，因地处使馆区，以品种国际化著称，香草当然也是不可少。我在这里走了几个摊位，就一次性买齐了三个百里香品种：直立百里香、柠檬百里香和金斑百里香。牛至也是在这里获得的，捎带手还买了几根相对完整的香茅，回去以后抱着试试看的态度水插了半个月，结果真的发出了新根，在当年就长成了大丛的香茅草——真的很惊喜。

自己种菜这样吃：
晒干香草

因为露天种植季节性实在太强，所以我经常思考如何长期储存。各种各样的香草都尝试过晒干，有的好用，有的干了就失去价值了。

- 采香蜂草、迷迭香、紫罗勒、紫苏嫩茎叶晒干
- 迷迭香风味保存得最好，紫苏次之，另外两种不建议晒干食用

自己种菜，随遇而赏

　　身为一名自娱自乐的迷你农庄主，我在种菜中遇到的最大难题是无法精确生产，要么是供过于求，要么是供不应求，而且通常是前者居多。春播或秋播都是集中进行的，总有几种蔬菜收获期相近，产量又不错，动辄就发生"吃不过来"的问题。但蔬菜们又不可能停下来等着被吃，它们按自己的节奏生长着，该开花开花，该结果结果，于是，有很多常见的绿叶蔬菜，在我的园子里都变成了开花植物。

　　类似的现象，许多阳台种菜的菜友家里也在发生着。每每一交流，发现几乎所有人都有把蒿子秆养成小菊花的经历，那能怎么办呢？怀着感恩的心欣赏呗！

　　茼蒿这个一不注意就开花的特性真的是……蛮讨人爱的。无论是北方人喜欢的蒿子秆，还是南方人喜欢的大叶茼蒿，都一样。这两种看起来差异颇大的蔬菜，在生长到 50 余天的时候，都会开出同样娇嫩如荷包蛋般的黄色菊花。

一旦茼蒿准备开花，主人就得完全放弃食用权。对我来说，种菜的乐趣不仅仅在于吃到嘴里那一口新鲜，还在于与这些植物相处中感受到的各种随机惊喜。随遇而吃，或随遇而赏，都是满足的。

茼蒿花真的是极美的，作为菊科的一员，它虽然走上了菜用的道路，但只要有机会，还是会一展开花本色。园子里偶有一小片空地需要野花美化时，我也会捏一小撮茼蒿种子，和波斯菊、百日草的种子混合，开出花来，毫不逊色。

六月初，没来得及吃的苦苣，迅速地抽薹开花，一片浓绿里，蓝色花朵如星星般闪耀，在太阳初升的清晨，令我震惊得合不拢嘴。

谁没吃过苦苣这种常见蔬菜，但谁见过苦苣开花？如果不是自己种菜，我可能永远也想不到，苦苣开花居然如此……瑰丽。密密麻麻的花梗上，每一枝节都有大量簇生的花苞，此起彼伏地开着，清晨始绽，半上午便纷纷闭合，要是错过了这短暂的两三小时，简直还对这盛事一无所觉呢。

另一位惊艳的主儿，是茴香。北方人最爱的饺子馅食材之一，赶着半大的时候就要收获，这样吃起来才会鲜嫩脆爽，所以，菜市场里能买到的茴香，小则长不盈尺，大的也顶多半臂长短，再长下去，茎就会变得又粗又老，不堪食用。

茴香开花的美

　　然而，你知道放任茴香自由生长，它能长到多高吗？反正我是看着园子里那几棵打算留种用的茴香，一天天地从只及我小腿的高度，长成了我需要仰头对话的巨人。后来特地去查了资料，茴香成株两米多是很常见的，加之分权丰富，一棵菜最后能长成小树般模样。

　　长成小树并不是结束，相反，那是个开始。个头长足后，茴香就要开花了，它和常见的欧洲香草莳萝是近亲，两者开花也极其类似，都是伞状的黄色花朵，而且一开就是数十枝，矗立在平均高度不过膝盖的菜地里，极其壮观华美。

　　夏天的清晨，我经常躲在茴香树的伞下，透过黄色的花朵看蓝天，心底一片澄明宁静。

自己种菜这样玩：
有味道的插花

即使没有大师手艺，也能轻松完成一个"有味道"的蔬菜花艺作品

- 剪一枝挺拔的青蒜花球
- 将绿色的蒜薹变成拱形
- 搭配成一个有几何美感的小作品

阳台自种香草第一位：罗勒

无论是露天种植还是阳台盆栽，香草都是必不可少的大类。然而，如果没有足够的空间，在这个大类中还要再优选一下，最终的胜出者可能很多人都不同意，不是百里香也不是迷迭香，而是罗勒。

为什么？

原因不在于口味或者是应用的广泛性，口味上各有所爱，适用性上这几种常见香草也不分轩轾，然而最关键的是，百里香、迷迭香、鼠尾草这几种，晒干后风味基本不减，可以很方便地在超市购买到包装好的干香草，但罗勒叶一旦晒干就风味全失，所以必须得采新鲜的叶片食用。

真是令人哭笑不得的原因，因为有明显缺点，所以罗勒赢下了这一局。

别遗憾，一旦种出了茂盛的罗勒，整个夏季餐桌都会因它而活色生香。

罗勒常常给人一种娇贵的印象，其实不然。而且，这种洋味十足的植物，

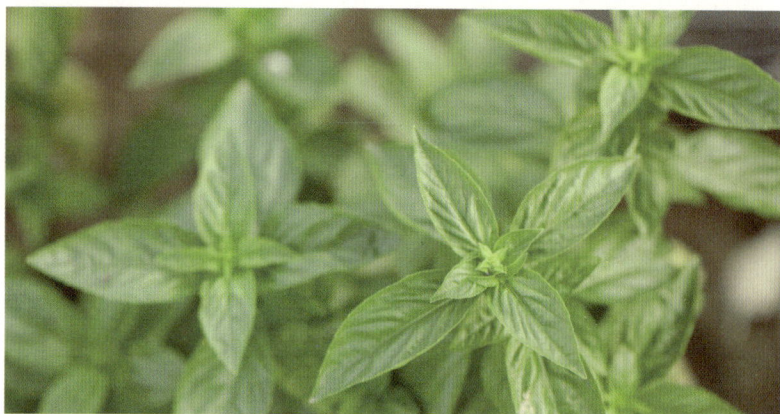

这种细叶甜罗勒是西餐常用品种

在中国可是有相当久的种植历史了。"兰香者，罗勒也；中国为石勒讳，故改，今人因以名焉。且兰香之目，美于罗勒之名，故即而用之。"——《齐民要术·种兰香第二十五》。好家伙，罗勒在南北朝时期就是中国广泛种植的蔬菜了。

这种在欧洲普遍使用的料理香草，在中餐中也是大放异彩，只不过，因为名字的误导，很多人都不知道，九层塔和荆芥都是罗勒的一种！

荆芥、九层塔和西餐中最常用的甜罗勒，各据餐桌一端，对我这种兼容并包的吃货来说，有什么难选择的呢，都种呗！但我再有雄心，也从来没想过集齐所有的罗勒品种，因为这根本就做不到！

罗勒有多少种？这个问题专业人士也回答不了。因为种植过于广泛而且极易杂交，且在不同的气候土壤下性状也会发生一些细微变化，罗勒品种的判定成为一个大难题。就基本品种来说，分为意大利罗勒（通常指甜罗勒，也叫大叶罗勒）、芳香罗勒（味道较为浓郁明显，如柠檬罗勒、肉桂罗勒等）、灌木型罗勒（味道较淡，通常用于园艺，代表：希腊矮罗勒）。而九层塔、荆芥这类在某个区域广泛应用的品种，通常被归入变种。

更麻烦的是，变种还会变变变呢。就说河南人爱吃的荆芥吧，我种出来的是细长叶的，但农场另一边河南菜农种给自己吃的，就是大叶的，这种变化不定的外形真令人挠头，好在，万变不离其宗，判断荆芥我们都是用鼻子和嘴，大概类似柠檬与丁香的混合，吃起来醒神，一股凉气如线般直蹿上来，这就是荆芥了。

在整个夏天，我都被罗勒的多变感染着，假如今天采摘的是甜罗勒，那么我就是一个西餐客，意大利面配沙拉；如果摘的是荆芥，那就是河南人附体，凉拌荆芥一盘；假如摘的是九层塔，那一定要刷着台湾综艺节目，三杯鸡，走起！

自己种菜这样吃：

做个性罗勒酱

通常罗勒酱都采用绿叶品种的甜罗勒，但由于最近紫罗勒收获较多，所以做了很个性的尝试。

- 采紫罗勒嫩茎叶
- 加炒松子、橄榄油，在料理机里搅拌成泥
- 个性尝试的结论是……切记，还是要用甜罗勒

阳台盆栽负难度，马齿苋可以有

夏天快来的时候，在菜友群里介绍适宜的阳台蔬菜，辣椒、木耳菜、空心菜一串儿讲过，仍然有人嚷着：难、难、难。

我只能掏出一把马齿苋扔过去。

"种这个，负难度！"

描述某种蔬菜好种，顶多零难度也就到底了，怎么还出来负难度了呢？因为即使不种，马齿苋也可能强行在你的菜盆里繁茂地生长起来，耐贫瘠、耐旱、耐热、耐强光，几乎没有病虫害，拥有让人叹服的强大生命力。

作为一种传统野菜，马齿苋的食谱还是相当丰富的。

"祖母每于夏天摘肥嫩的马齿苋晾干，过年时作馅包包子。她是吃长斋的，这种包子只有她一个人吃。我有时从她的盘子里拿一个，蘸了香油吃，挺香。

马齿苋有点淡淡的酸味。"这是汪曾祺老先生介绍的高邮吃法。

西北的朋友向我介绍过一道蒸菜团子，大致做法是马齿苋与面糊同搅，然后团成菜团子，蒸熟了吃。以及，还有脑洞大开的吃货，用晒干的马齿苋替代梅菜，蒸肉，倒是一条新思路。

它不仅是中国的野菜，也是世界的，马齿苋是少有的含有 Omega-3 脂肪酸的蔬菜，胡萝卜素、维生素 E、果胶和膳食纤维的含量也很丰富——这几样组合起来，功效就是好吃不胖，越吃越美。所以，在健康饮食的潮流中也越来越被重视。

在两年前出于好奇，我特地种植了荷兰培育的青梗马齿苋品种，叶片更为肥厚，口感也确实更脆嫩，但是，看着满地除之不尽的红梗马齿苋，总觉得有哪里说不过去，最后还是果断决定吃野生的。

自春入夏，诸如小萝卜、生菜这些喜欢温凉气候的蔬菜都要退场了，马齿苋确实是填补阳台菜园空白的好选择。愿意郑重其事的，可以购买专门的培育种；自由随意的，去小区绿地里掐些嫩梢茎条，回来插在盆里，浇水，成活率基本是百分之百。

马齿苋的生长速度非常快，扦插条大约 20 天就能长成一大蓬，紫茎绿叶

观赏马齿苋在民间有"死不了"的美称

铺地蔓延开来，采收的时候只掐嫩尖吃，越掐长得越旺。收那么一小把，开水汆烫一下，或凉拌或热炒，这也算是践行当令而食了。吃腻了，就让这片绿意在花盆里蔓延着，也是炎夏一点难得的清凉。

不过，如果阳台上还种了其他的花草和蔬菜，千万要记得定期检查。成熟的马齿苋种荚会随时炸开，细小的种子被弹射到四面八方，迅速地发芽、生长。如果人类不出手干涉的话，这种小小的野草会完全占领你的阳台，直到把那里变成一个马齿苋星球。

自己种菜这样吃：

凉拌马齿苋

尝过欧式的马齿苋沙拉后，我毅然地把票投给了中式凉拌马齿苋。

- 马齿苋嫩梢洗净
- 开水汆烫，捞出攥去水分
- 浇调味汁装盘

夏夜相约鸡尾酒小花园

———

即使空调可以提供 24 小时的清凉，我还是愿意在夏夜里去阳台上吹风，在闷热里捉摸着那一点似有似无的清凉，头顶群星闪烁——假如今天很晴朗。

啊，这时候真的应该喝一杯清凉的鸡尾酒。

作为宅在偏僻远郊的菜农，这个愿望实现起来真的有点难，因为方圆十公里内没有任何酒吧。为此，我曾特地向某互联网创业者建议过，应该开发一款上门调酒服务 App，就像上门美甲那样。

然而，目前这个需求还没有得到响应，所以仍然只能靠自己。

我分三步解决了问题。第一步，种植了一批可以用来调酒的植物；第二步，购买了几瓶百搭的基酒；第三步，自学了几款经典鸡尾酒的调制方法。

所以，夏天如果有朋友来做客，招待几杯 Mojito（鸡尾酒）那是一点问题也没有。这款鸡尾酒相对简单的素材需求和多变的调配方案，真的太适合

薄荷是夏日清凉饮料的基础班底

家居生活了。源自古巴的Bodeguita（博德古塔）酒吧的这种鸡尾酒，以朗姆酒、薄荷叶作为主要配料，制作简单，口味清爽醒神，迅速传到世界各地，并衍生出不计其数的配方。

薄荷是Mojito的灵魂啊。恰好，我是一个广种薄荷的菜农。以清凉气息为特色的薄荷，堪称最佳夏日香草，厨房里哪儿哪儿都用得上。而且它又特别好种，只要管够水和阳光就会茂盛生长，绿油油的叶片凉沁心脾。三五片，一小枝，就足以点染出夏夜清凉。

随手掐几片下来，揉碎，和冰块同时放到杯子里，之后，加入几粒当季水果，草莓、蓝莓、树莓、杨梅都可以，西瓜、苹果、甜瓜这些大个儿的要切成小粒，再倒入适量朗姆酒（没有朗姆酒二锅头也是可以的），加苏打水，挤柠檬汁，最后，摘一小枝薄荷尖装饰。

今年增加的新选择是Mint Julep（薄荷茱莉普），基本款配方也是相当简洁，威士忌为基酒，加糖浆、碎冰和薄荷，就完成了。

除了薄荷，黄瓜也是鸡尾酒的好朋友。这种夏天的国民蔬菜，香调清新，口感清甜，更重要的是还能用来拗各种造型。

黄瓜鸡尾酒的代表是Pimm's Cup（皮姆杯）——这是一款由Pimm（皮

姆）家族发明的，以金酒加各种蔬菜水果调制而成的鸡尾酒，是英国人的至爱。抖森就曾分享过一个他最爱的配方，噼里啪啦先加了一堆黄瓜片，然后才是草莓、柠檬什么的。

作为菜农我曾认真地比较过哪种黄瓜最好调酒，答案是水果黄瓜，表皮光滑，而且水分更足，而常见的菜用刺黄瓜略带点苦涩，只能当备选。

这个阳台上的鸡尾酒花园里，不可或缺的还有柠檬。很难想象一款夏日饮料缺少了柠檬……鉴于用到它的地方太多了，就不一一举例了。不过靠盆栽柠檬结的几只果子满足整个夏天的饮用需求有点难，精神意义大于实用价值。

有了以上几种当家植物，再随意种点百里香、迷迭香什么的就行了，香草的味道过于刺激，所以主要是用作装饰，起个画龙点睛的作用。如果想搞创作，那还需要来几盆三色堇、玫瑰什么的，用时令的可食花朵，与调性相符的基酒配合，制作出犹如艺术品一般的鸡尾酒。

一盆薄荷、一盆黄瓜、三五盆香草、两三盆可食花朵盆栽。

月上柳梢头，人约黄昏后，今晚，阳台鸡尾酒花园，不见不散。

自己种菜这样吃：
东方 Pimm's Cup

Pimm's Cup 是英国的一款国民鸡尾酒，以香甜的水果味著称，特别适合夏日饮用。

• 玻璃杯中加入 1/3 杯冰块，然后倒入约 50 毫升基酒。原配方中作为主要基酒的 Pimm 1 号国内很难买到，可以换用同类的利口酒，我用的是君度
• 倒入 150 毫升左右的七喜，取其甜爽之意
• 加入小黄瓜片（重点水果），其他可随意加入草莓、蓝莓或其他应季水果切片

夏末开放的桔梗是秋天的报信使者

读《阴阳师》的时候，窗外桔梗花开

———

夏去秋来，赶在季节更替的时候，桔梗要开花了。

在这个世界趋向大同的时代，很难想象同一种植物，在相邻的三个国家以截然不同的形象出现。

这就是不同凡响的桔梗。

如果你是《阴阳师》的粉丝，强烈建议亲自种一回桔梗。这种《万叶集》所歌颂的著名"秋之七草"之一，在日本文化史中有着特殊的地位，与安倍晴明、加藤清正等历史名人紧密相连，阴阳师施法时使用的五芒星纹，便是由桔梗花的形状变化而来，这也成为晴明神社的神纹。而熊本城的建造者则在他主导修建的诸多建筑里，都留下了桔梗纹。

然而，转个弯，在韩国，桔梗的形象立刻变得烟火气起来。每年秋天，从地下将白胖的桔梗根挖出来，切丝腌制成泡菜，是能够与辣白菜分庭抗礼的国民小菜。"白白的桔梗哟长满山野，只要挖出一两棵，就可以装满我的小菜筐。"这首《道拉基》恐怕也是全世界人民最熟悉的朝鲜族民歌了。

在中国，嗯，我们国家过于地大物博了，桔梗连《诗经》还没挤进去呢。

不过就我眼前所见——特指这两亩厨房花园——它是被当成一种可以食用的宿根观赏植物来对待的。耐寒的桔梗，无论是盆栽还是地栽，过冬都毫无压力，只是冬季地上部分会枯萎，春季重新萌发，在夏季静静地生长，直到夏末初秋，进入花季。在这个过程中，它完全无须悉心照料，顶多是给大家都浇水的时候，别漏下它就好。

种桔梗花的一大乐趣，来自观察桔梗开放的过程，真是太有萌点的小家伙了。作为桔梗科桔梗属唯一的成员，目前它并没有规模地进行园艺育种，所以无论在中、日、韩三国的文化内涵差异有多大，外形却基本一致。纤细的茎，丛状生长，单瓣花，带着野花特有的散漫气息。

在八月中下旬，便能观察到桔梗最初的花苞了。小小的白色铃铛状，然后像吹气一样地鼓起来，蓝色的五芒星纹开始出现，慢慢地，这"气球"通体变蓝，直到某个清晨，蓝"气球"的五扇门里有一扇悄悄地打开了，一颗非常端庄的胖星星，盛开在初秋犹带暑意的风里。

每丛桔梗都会开十几朵花，所以，这个萌萌的过程会重播很多遍，但我总是积极捧场，百看不厌。

至于挖桔梗根嘛，目前并没有付诸行动，原因是我还没有掌握泡菜的制作技巧，与其浪费食材，不如让它先悠闲地开着花。

桔梗在初秋开出可爱的五瓣花

有趣、家常、皮实，桔梗在日常生活中给我留下的便是这样的花设印象，实在不觉得有多么文艺，很难把它和日本文学史或艺术史上那个耀眼的名字联系起来。直到我在日本京都智积院门后的小径上，看到这样一幅景象：印着桔梗纹的门帘被左右撩起，门外便是七条通，京都国立博物馆和国宝建筑三十三间堂所在的街道，车水马龙游人如织，一帘之隔，门内却是安宁冷清，连声音都像被隔绝在外了。

在这个时刻，我确实感觉到了来自桔梗的，神明的力量。

自己种菜这样玩：

插桔梗干枝

桔梗开花之后，会结出形状非常有趣的种荚，里面的种子取出便可以种植。

- 秋末将桔梗果枝剪下
- 插在花瓶中，既是干果装饰，也是保存种子的方法

夏天碗中爱玉冰，冬天案头绿薜荔

在台湾地区的旅游攻略里，爱玉冰是不会被忽略的美食。

"她是夜市里站着喝爱玉冰的人"。

这说的是三毛，几十年前就能活得恣意而真实的文青标杆，想站着喝就站着喝，想躺着喝就躺着喝。

当然，也因为爱玉冰通常只得小小一碗，软嫩顺滑。

爱玉冰在浙江南部另有一个朴实的名字：木莲豆腐。在福建就更加写实地被称为薜荔冻。无论是爱玉还是木莲，在植物学上来说，都叫薜荔，只是因为地域不同，品种表现略有差异。

在亚热带，薜荔是很常见的一种藤蔓植物，树边、墙角随处可见，只要有合适的攀缘物，它能长到几十米高。在适宜的气候下，它生长极其迅速，小小的叶片在初生时是嫩红色的，渐渐转为绿色，细枝摇曳，是极具中国情调的美。"惊风乱飐芙蓉水，密雨斜侵薜荔墙。"

正是因为这样的美，最近的花市中，也经常能看到薜荔盆栽的身影，美貌不输常春藤，而且更为小巧有趣，冬天摆一盆在案头，生机勃勃。不过，这样种植的薜荔就不要指望它结果了，薜荔果只有在野外的大棵植株上才能采集到。

制作爱玉冰是美食纪录片钟爱的题材之一，神奇而有趣的转化，让人类对食物有了不同的感觉。绿色的果实剖开翻转，会看到密密麻麻的种子附着其上，在阳光下暴晒，拍打，使种子脱落，收集起来，这便是做爱玉冰的原料。

干燥的棕黄色种子装入纱布袋，在清水中搓洗，种子表面的果胶慢慢溶于水中，静置半小时，一盆水便会凝结成晶冻状，爱玉冰做得了。

之所以被叫成木莲豆腐，应该是这种凝结的过程，类似豆浆凝固成豆腐吧，然而，豆腐还需要点卤，而爱玉冰的凝结，却不需要任何人为的干预。

加糖，加果粒，加柠檬汁，随意调配，这种食物本身没什么味道，唯清凉软滑耳。

微风细雨，薜荔倚木桥

剩下的种子也不要扔，这是拿来做小森林盆栽的好材料。密密地种下去，要不了多久，一层茸茸的绿就铺满了盆面，过程是不是有点熟悉——没错，和火龙果盆栽的处理方式基本一致。

植物能够呈现的多变面貌，经常让我这个菜农惊叹。

在斯里兰卡国宝级设计师 Geoffrey Bawa（杰弗里·巴瓦）的花园里，随处可见薜荔繁盛地生长着，有些甚至攀爬于大理石雕像之上，配合园丁的修剪，为雕像加冕了一顶自然的王冠。然而，谁能想到这秀雅的植物，转过身就能贡献那样有趣的食材呢。

自己种菜这样吃：
自制爱玉冰

非常有小清新情调的饮品，要是四川吃货看到了，一定会说："这不就是冰粉粉儿吗？"

• 用干净的纱布包住适量爱玉籽
• 先用清水冲洗一下，然后倒一碗纯净水，在水中来回揉捏纱布包，直到黏液洗净为止
• 将碗放在阴凉处静置，大约半小时后就能得到凝结的爱玉冰
• 加入红糖调味

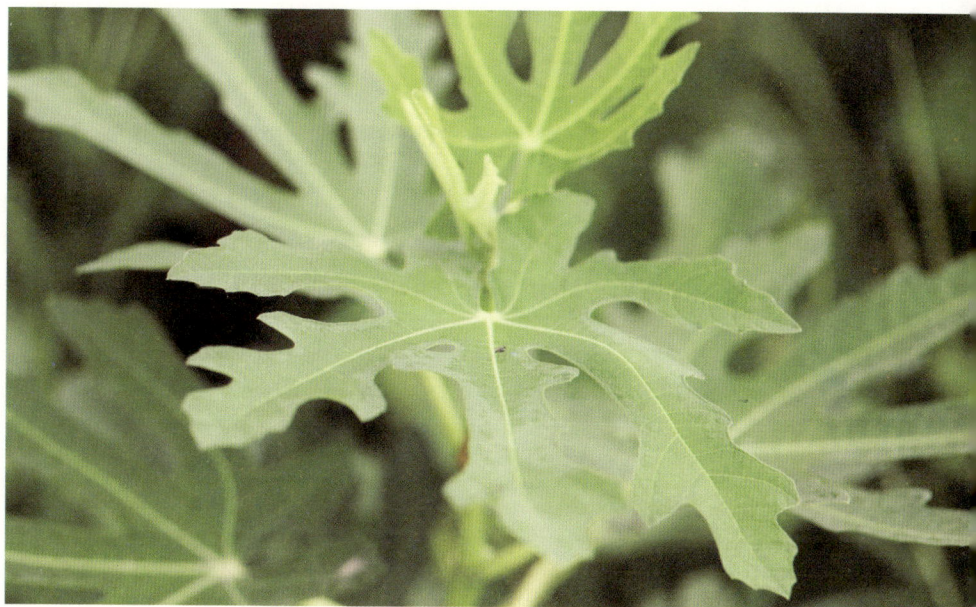

从无花果开始的阳台果园梦

如果在初夏时节去上海，即使不必要，我也会去坐几趟地铁，因为想吃无花果。

因果关系听起来有点奇怪？听我解释。

在人流集中的地铁站站口，在法桐树掩映的道边，经常能与挑筐卖无花果的小贩不期而遇——除此之外，作为一个外来人口，还真不知道去哪里买这种风物。

新鲜的无花果娇嫩软烂，很难长时间保存或周折运输。所以，早上摘得后挑着进城流动销售不失为一个好方法，那是多生活多美的画面啊。紫绿果实一枚枚整齐地排列在竹筐里，还会点缀几片无花果叶。

不过，随着市容管理的加强，想吃到新鲜的无花果，和去地铁口撞运气

山楂也是很有趣的盆栽选择

比起来，自己在阳台上种两盆是更现实的解决方案。

要知道，在"最适合盆栽的果树"评比中，无花果一直都是位列前茅的。

在阳台种菜已经被广泛接受的当下，说到在阳台上种水果很多人还是觉得不现实。其实，在阳台能够轻松种植的果树超过二十大类，要按品种来说那就更数不清了，什么蓝莓、醋栗、山楂、甜瓜、柠檬、枸杞都没问题，要是稍微带点绿手指属性的，还可以尝试猕猴桃、果桑葚、百香果这些个性品种。

而在这群雄竞争中，无花果当属首选。

这种在《圣经》和《古兰经》都提到过的神圣植物，真是太符合"流蜜与奶之地"的形容了。原产于地中海沿岸，后在阿拉伯地区广泛种植的这种植物，有着悠久的栽培历史，只要气候适宜，它非常好种，且长寿。从第三年开始结果，此后的几十年都能源源不断地贡献果实。和桃、梨这些大型水果不同，无花果树的高度基本被修剪在1~2米，盆栽更是可以控制在一米之内，堪称小而丰产。

退一万步说，就算不结果，种无花果也不算失败投资，它树形美，叶片也美，病虫害极少，阳台种植四季常绿，当观赏绿植相当够格。

无花果盆栽难度并不高，但这个调皮的家伙会先跟你开个小小的玩笑——它上盆后缓苗时间极长，特别是那种网购的树苗。

我推荐过不少朋友种无花果，还热心分享了自己的收藏网店，结果无一例外接到质疑："这光秃秃的，能种活吗？"在早春时节，无花果树苗看起来和枯树枝全无两样，而且，在妥帖移栽、小心照料两三周后，仍然可能全无动静。

这时候，需要的就是耐心啊。我遇到过的最调皮的一株无花果苗，足足过了四十几天才长出第一片绿叶。然而，在接下来的那个夏天，它的高度和径围都翻了一倍。

另一个关于它的常见疑虑就是没有榕小蜂授粉，种在阳台上的无花果，能结果吗？榕小蜂和无花果的互相依存是自然纪录片的常见题材，不过，商业培育的无花果品种已经实现了单性结实，所以，即使孤单地住在花盆里，也完全可以硕果累累。

坐在阳台上，吹着晚风，无意中转头发现，在绿叶掩映中，有一粒紫色的无花果已经熟透了。

那真是苟且生活中，一份难得的小确幸。

自己种菜这样玩：
节气插花

成为菜农之后，对节气有了全新的认识，也经常用一些小小的仪式来纪念一下。

- 处暑节气，迷你西红柿正值盛果期，采一串下来
- 配上一片很有故事的无花果树叶

实 用 指 南

如何在都市居家环境里部分实现种菜梦想

比起专门租赁地块，全职种菜来，先在自己家的阳台或露台上种起来更现实。

虽然受居住环境条件所限，在品种、种植方式乃至产量上都不能让人满意，但这毕竟是开始梦想的重要一步。对种菜有更直观的了解，对都市农艺有更多思考，在四季的耕作收获中，人与自然也有更多沟通的可能。

1、在有限的面积里，应该优先种植哪些菜

一，你最爱吃的。

二，如果你对很多蔬菜都有爱，那么优先栽种那些高产的、占地面积小的、价贵的、因为栽种方式不同风味大有区别的。

举个例子，茄子，很常见的代表性阳台蔬菜。然而在我看来，对小阳台来说，这是典型的错误选择——除非你对茄子有特别的爱。茄子是高大型蔬菜，占地较多，产量倒是还不错，但是，一，它在夏天随时能买到；二，价格不贵；三，由于有一层蜡质外皮保护，茄子的农残很低，是否有机并不那么重要。

所以，为什么不种些生吃更放心的沙拉菜呢？为什么不种些风味更浓的有机韭菜呢？为什么不种些十块钱一小袋的芝麻菜呢？

依据上述的标准给你想种的蔬菜打分，得分高的，可以先去占床位。

2、如何能做到有限空间的高效利用

仔细体味"合理布局，立体种植"这八个字，能够让小阳台的利用效率至少提高两倍。

以立体种植为例，挂在高处的草莓吊篮、挂在墙面上的香草盆、半空中的沙拉菜长盆、地面上布置的辣椒或是芹菜盆栽，在一份的面积里，理想状态是可以种植四份蔬菜的，当然，可能受现实条件的限制，但只要不是只盯着脚下那点地方，就能发现更多的种植空间。

布局合理则是一项天长日久的工作，合理的标准是逐步在提高的，无可挑剔的合理在现实生活中是不存在的，但至少别犯硬伤，比如，要把照料要求高的蔬菜放在近处，按蔬菜对于阳光的需求程度来安排放置区域。这些小小的举措，都会在无形中节省很大的精力。

3、哪些作物适宜小空间里种植

其实大部分蔬菜对于环境的适应性都很强，不过，要是均衡考虑的话，

这几类作物更推荐在阳台这样的小空间内种植：收获周期短的作物、占地面积小的作物、往高处攀爬的作物、矮化品种或迷你品种作物。

收获周期短就像金融领域的周转快一样，每月收获一次，和每四个月收获一次，效率是不可同日而语的，大部分速生绿叶蔬菜，如菠菜、乌塌菜、香菜、鸡毛菜都可以归入这类。

占地面积小则是从另一个角度做文章，它和收获周期短的品种重合率很高，因为个头小意味着长得快嘛，代表品种是樱桃萝卜、菠菜、空心菜等。

往高处攀爬则是对空间的高效利用，可能会给收获带来些许不便，但瑕不掩瑜。种植黄瓜、木耳菜、甜豌豆这些作物时，一定要好好地给它们搭架子。

矮化品种或迷你品种则是为了满足"不管怎样我就是要在阳台上种它们"的任性想法，比如迷你南瓜、矮化四季豆，虽然收获少，但满足感值回一切。

4、除了花盆，还有哪些种植容器可选

随手举例一下，种植筐、种植袋、种植桶、吊篮、自己做的种植筐……这些形式多样的种植容器，不仅是满足变化的需求，更因为各自的特质而能让小空间菜园整洁、高效。

以种植袋为例，它是自种土豆的首选，比起花盆，装满土的它形状略为随性，但深度足以满足根系要求，而且在收获结束后，便可以立即收拾，将空间腾出来给别的作物。如果是小型种植袋，还可以整齐地排列起来，悬挂在墙壁或围栏上，更为整齐有效率。

种植桶是根茎作物的好容器，在桶的下部会有可以打开的小门，直接从根部收获红薯、洋葱、土豆等深埋地下的农获。

自己制作一个方方正正的种植筐，就可以开始"一米菜园"的实践。这种园艺理念讲究品种的搭配与空间利用，照着它的分格来种植，会少走很多弯路呢。

黄瓜架是菜园里最熟悉的风景

5、怎么既在阳台上种菜，又保持它的整洁美观

合理的阳台菜园规划，并不是密密麻麻地摆满花盆，而应该是疏密有度的，留出一条长通道把所有蔬菜盆都串起来，走在这条道上，你能够轻松地照料到左右的每一盆蔬菜。

这样的好处是，长条形摆放利于通风和每盆蔬菜都尽量接收到充足光照，且沿着通道打理蔬菜省力又高效。那种一盆挨一盆的无限堆放流是要不得的。

另外，在品种上稍微做一下取舍，更多地考虑那些有一定观赏度的品种。比如，在叶菜中，叶甜菜、芹菜就会比油菜、芥菜要气派得多。适当加进一些可以赏花赏果的品种，如金花葵、旱金莲、辣椒等。

最后，也是最重要的，当然是日常打理要跟上，及时地清洁地面、清理残叶、收获果实、拔除老化植株，让小花园一直维持着整洁与生机。

6、阳光不足的室内可以种菜吗

如果对菜的限定不是那么狭义的话，在室内也能种出如鱼得水的感觉。无论是明亮的窗边、只有散射光的起居空间还是需要白天也开灯照明的储藏间，都有一些品种可以尝试。

芽苗菜，或者叫微绿蔬菜，是利用部分蔬菜谷物的种子，在容器里密集种植，采收芽苗以供食用，占地小、无须土植、光线需求低是它的优势，所以格外受都市人欢迎，也是一种在国外颇为流行的园艺形式。豌豆苗、红豆苗、麦草、萝卜苗种植难度都很低，甚至还可以尝试芝麻芽、油葵苗这些买不到的食材，既健康又营养。

盆栽蘑菇也很流行，直接购买已经接好菌种的蘑菇包，只需要浇水就能够长出蘑菇。与绿叶蔬菜不同，蘑菇需要在较暗的环境里才会发育得好，在室内角落种植刚刚好。

此外，如果对种菜格外感兴趣，也可以购置带有灯管的种菜设备，用照明来补足光线需求，就可以种植大部分小型绿叶蔬菜了。

7、除了阳台，城市里还有其他种植空间吗

其实，国外早有许多新型探索与示范，社区农场、楼顶菜园比比皆是，甚至有像日本的 Pasona（保圣那）公司那样，在办公大楼种起蔬菜和水稻的。从食物教育、建筑节能、有机环保等任何角度切入，这些探索都是值得提倡的。

不过，国内这方面才刚刚起步，目前在上海已经有公共绿地种植可食地景的探索，在北京、深圳这些城市，也有不少学校农场、社区农场的推广，总之，未来在我们身边，会挖掘出更多的种植空间。

PART 4

第四章

通往心灵的路，必经过胃

我的座右铭之一是：人生修行，主要靠吃。

探究食材的来龙去脉，乃至亲手种植、采摘；依据食材的本性，用最简单最适宜的方法来烹饪；食具精洁；阳光明媚；有充裕的时间坐在餐桌前，细细地咀嚼每一口，体会食物给人带来的最原始的满足。

一日三餐，烟火人间，吃，就是最寻常的修行。

菜农自制零食，你想不到有多好吃

————

　　农业社会的节奏是日出而作，日落而息。但对都市人来说，晚间才是节目异常丰富的时候。而我这个居住在城市边缘的编外农人，则寻找到了属于自己的独立节奏。

　　比如，一边用 iPad 追剧，一边制作各种耗工夫的零食，整个晚上过得有滋有味，异常满足。

　　慢慢切，慢慢烤，烤完了放凉装进储藏罐——这是在做古早味的红薯条，红薯煮至断生后切成条状，烤箱低温烤去七成水分。这个改良做法，参照的是小时候最爱的晒红薯干，只是把太阳换成了烤箱。

　　一片片撕，撕完了刷油，然后送进烤箱，隔十分钟翻一次面——这是在做羽衣甘蓝脆片（Kale Chips），风靡好莱坞的低热零食，源源不断地从我的小烤箱里被生产出来。超市的进口专柜也能买到，一小罐二三十元，而我使用自种的羽衣甘蓝来制作，新鲜健康无添加，成本嘛……电费和一点油。

拣、拣、拣，咕嘟咕嘟咕嘟——这是在做黄豆香卤海带，当然，海带目前还无法自产，只有黄豆是自己种的。小规模的种植，收豆子的时候很难借助机械，只能纯手工，先把整株黄豆拔出来，平摊晒干，再用木棒捶打，干透的豆荚被捶裂，黄豆就落到了地上。可想而知，这样收起来的黄豆有多原生态。

所以，在做任何需要黄豆的菜式或零食之前，一个特别耗时的环节就是拣豆子，把碎石子、碎秸秆、各种杂物、碎豆子、有黑斑的豆子、瘪豆统统拣出去。开始的时候我还很老实地做这种减法，后来发现，倒不如直接从里边把好豆子挑出来更高效！两斤收获物（实在不好意思把它称为黄豆），最终能挑出三两黄豆来，这就很成功了。

拣好的豆子，先泡上，然后再清理海带。黄豆香卤海带虽然是一味小菜，但是做起来比许多大菜都吃工夫。海带洗净，切成小段。带上泡好的黄豆，加酱油、八角、白糖、姜末一起下清水锅，大火煮开小火卤，咕嘟咕嘟的声音，伴随着黄豆特有的酱香飘散开来，哎，那个时候的幸福感无以描述，倘若手

新鲜的鹅莓有种阳光的味道

边再有一壶滚烫的黄酒，何必追寻什么诗和远方！

最近又学会一道很罪恶的零食，胡萝卜糖。类似姜糖、冬瓜糖的做法，大致是胡萝卜切条，与冰糖下锅同烹，然后另换干净锅，小火慢慢焙干糖汁。胡萝卜糖色泽橙黄，香甜扑鼻，装在玻璃罐里看着就赏心悦目。就是热量太高，吃起来略有心理负担。

零食者，有零散时间就可以吃，所以消耗量是很大的。烤古早味薯条也罢，烤羽衣甘蓝脆片也罢，卤黄豆海带也罢，每次我都会抽出大半天时间，做一堆，然后或封存在罐子里，或分装在保鲜盒中，嘴馋的时候，打开就吃。

种地的第一年，我立志要瘦十斤，到了第三年年尾，我离目标，只差十八斤了。

自己种菜这样吃：
古早味红薯条

最怀念小时候在阳光下晒出的红薯条，那种自然成就的芬芳无可替代。

• 红薯煮至八成熟，切成条状
• 散开摊在厨房用纸巾上，然后放在暖房里自然晒至基本干燥

迷你胡萝卜和小土豆，
买来的和种出来的不一样

———

土豆新收的时候，我迫不及待地做了一回小土豆烧肉，盛盘上桌，筷子第一时间伸向了……小土豆。

尝一口，唉，眼泪掉下来。

有多久，没有吃到真正的小土豆了？

概世间肉虽常有，而小土豆不常有。所谓小土豆，并不是有这么一个迷你型品种，而是个头小、皮薄、质地松软细腻的未成年土豆。如果不是自己种，或者是住在土豆产区附近，这东西很难买到，因为规模种植追求产量，总是要等土豆长足了之后才统一收获的。

很多家常菜餐厅里，菜单上确实会有小土豆红烧肉，但我尝到现在，还没有发现真正的小土豆，根据味道来判断，大部分是大土豆切成的小土豆——

区别只在于切得圆不圆而已，甚至还有些是土豆泥捏成的小土豆，总之，缺少了少年土豆该有的鲜嫩清香，也令这道菜大失本色。

终于，在自己有大片地方可供种植之后，我又找回了小土豆这个好朋友。

和小土豆情形类似的，还有迷你胡萝卜，这也是一个"真假美猴王"的段子。很多超市里都有迷你胡萝卜出售，个头均匀，但是，它们其实是"人造迷你胡萝卜"，缘起 20 世纪 80 年代末，美国的一个农场主在处理次级胡萝卜的时候，灵机一动，将它们切削成五厘米左右的小胡萝卜，投放市场后大受欢迎。小胡萝卜烹饪起来比较容易，而且更受小朋友喜欢，遂成定规，可以大摇大摆地以 Baby carrot 为名销售。

那真正种出来的天生迷你的胡萝卜怎么办？有机种植业者实在没办法，只能在前面加个定语：true。翻译成中文就很有点孩子气了：真的迷你胡萝卜。

真的假的怎么分？看长不长叶子。此外，种植出来的迷你胡萝卜因产量限制，多半只在有机市集上销售，很少在超市里大批上柜。

吃起来么……我的排序是，超市买的冷鲜切割胡萝卜 < 自种迷你胡萝卜 < 自种普通胡萝卜，没错，胡萝卜还是要长成大个子才好吃，特别是某些适宜生食的品种，比如我曾经种过一种玫瑰红胡萝卜，大为惊艳。它色泽橙红，肉质因水分充足几近半透明，从地里拔出来，去掉叶子洗洗泥，咔嚓咔嚓几分钟就能消灭掉一根。

自己收的大小不一的土豆，特别好吃

　　至于每年为何仍要种一些迷你胡萝卜，主要是为了提前享用。迷你品种根短，吃土较浅，即使是在普通花盆里也可以栽种，这样就无须等到春暖花开以后再露地播种，而是在暖房里就可以来两盆。它的积极意义在于：胡萝卜是个慢性子，发芽时间很长，正常发齐要 10~15 天，先在室内发芽，再搬到露天环境里生长，一个多月后，就能吃到自种的胡萝卜了。

　　而大批量种植的普通品种，要一直到初夏时候才有收获，作为一个胡萝卜爱好者，流着口水，怎能等得及？

　　为了吃，我也真是做到了精细统筹呀。

自己种菜这样吃：
少年食材最美味

婴儿类（苗）、少年类（半大植株）、成年类，这是菜农对食材的一种分类法。

- 间苗是指将弱苗、过于拥挤的苗拔掉，其实有的已经长得颇为壮实了
- 洗净，配其他食材拌沙拉

须得自己种黄瓜，才懂什么是"顶花带刺"

顶花带刺，一个司空见惯的词，用于形容黄瓜的鲜嫩，似乎并不难理解。君不见，超市里的黄瓜，个个头顶鲜嫩小黄花，颜色也是碧绿得很呢。

然而，自己种起了黄瓜之后，我重新认识了这个词，顶花，顶的是枯萎的花，带刺，带的是毛刺。以现在的食材供应方式来说，顶花带刺的黄瓜，基本没可能在菜场买到。

先说顶花，黄瓜开花分雌雄，很好辨认，雌花的花冠后面带着由花托和子房联合发育成的小黄瓜，花谢后，瓜开始长大。

随着小黄瓜的生长，花朵慢慢干枯，由黄转白，采摘黄瓜时稍微一碰，就会脱落，然后，在黄瓜顶部留下一个小小的白点——原理有点类似人类的肚脐眼。

所以，如果不是自己种黄瓜，根本不会吃到"顶花"的瓜，因为经历了采摘、包装、储运、上架等各个环节后，这轻轻一触便会脱落的干枯花朵，实在是难以保存完好。

如此一来，就可以反推，又粗又壮却仍然头顶新鲜水灵小黄花的黄瓜，确实不符合自然规律，通常来说，这是因为使用过生长调节剂，药物促进了瓜与花连接部分的膨大，所以花朵不易掉落。

相较顶花，带刺倒是还有些可能性。

黄瓜表面的小疙瘩，在生物学上叫作多细胞瘤状突，这些瘤状突的尖端，会长出毛刺，在果实柔嫩的时候，毛刺可以帮助黄瓜避开害虫的叮咬，也能保证小黄瓜有足够的呼吸空间，而当果实渐渐老熟后，就不再需要这些小毛刺来保护自己了——所以，同一个品种的黄瓜，确实是带刺的时候更鲜嫩。

看，虽是家常蔬菜，想吃到真正新鲜有机的，也是很难。

为了不辜负这难得的新鲜，作为一个菜农，务必要学会这样吃黄瓜：摘下瓜，清水一冲，握在手里转一转，抹掉那些小毛刺，先咬掉黄瓜尖，然后就是咔嚓咔嚓，吃完了满口余香，其脆、其嫩、其多汁，只有亲自尝过才知道。

作为夏季的当家蔬菜，黄瓜当然是年年必种，遗憾的是，生食口感更好的水果黄瓜，露地种植产量总是受影响，几番折腾下来，我也就死心塌地地和本土的旱黄瓜过日子了，由于品种限定不严，完全可以自己留种。第二年

黄瓜的"顶花"是这样的

早春育苗，大约四月底移栽，五月底，就试花结果了。一茬瓜总有 50 天左右的盛果期，拌黄瓜、炒黄瓜、黄瓜蛋汤，整个夏季的餐桌上，都氤氲着淡淡黄瓜香。

　　天气渐热的晚上，来杯黄瓜特饮也很享受。黄瓜去皮切薄片，配柠檬片和冰块，瓜果的清香散发在空气中，在暑热里，小啜一口，细细品味着这只有黄瓜才能带来的，十足家常的幸福感。

自己种菜这样吃：
性急吃得嫩黄瓜

黄瓜什么时候最嫩？在离完全长成还有两三天的时候，已经十分清甜，但果肉更为细嫩，我最喜欢挑这种七八分熟的黄瓜来吃。

- 黄瓜摘下来洗净——不洗也行
- 直接食用

山药当常春藤种？没毛病！

在我的植物词典里，山药是被分在观赏类别的，而且算是一种非常优秀的城市爬藤绿化植物。

为什么这么说呢，那是有实践根据的。

根据我几年来或在花盆里，或在院子里种山药的观察所得，山药易种、耐旱、速生，株形优雅纤美，不生虫，奉献了美貌的同时，还能贡献山药豆与山药两种健康食材。

更实际的是，种子都不用去花市买，逛个菜市场就有，几块钱一斤，要是脸皮厚点，不花钱也能要几粒来。

山药和常见的室内绿化植物常春藤相比较，两者株形、叶形都很相似，作为阳台盆栽完全可以互相替代。但山药由于野性较强，喜欢充足阳光，无法在室内种植，而且到了秋末地上部分枯萎，不算四季常绿——但假如不挖

心形的叶片很萌

地下的山药，开春它又会自动萌发出绿芽。

原本我对这种西北常见的粮食作物并没有什么感觉，更从未想过把它当成观赏盆栽来种，一切皆是偶然。五六年前的春天，打扫厨房的时候，发现了几粒漏在角落的山药豆，顺手扔到了种碰碰香的大花盆里。过了小半个月，发芽了，山药！我很激动。

当时正值我对园艺疯狂发烧的时期，对一切新鲜植物都抱有莫大的兴趣，而且山药的幼苗又很有卖相，完全摆脱了它在很多文学作品中土掉渣的形象，立刻被当成了重点照料对象。

十几天后，花盆里的原住民碰碰香被挪走了。山药豆纷纷发芽，五六棵苗冒出来，瞬间就把矮丛状的碰碰香给遮得严严实实，其势不能共存。

整个夏天，山药藤都长势极佳，娉娉婷婷，每天都能蹿高一大截，新叶嫩绿，逐渐转成深绿，茎是深紫色的，一路顺着排水管蜿蜒爬上了楼顶，像是花园派出的观察哨，每次跟它交流我都得仰头仰脖子酸痛。

盛夏的时候，就能在藤蔓上找到小小的山药豆了。很多人会误以为这是它的果实，不是，植物学上称之为珠状芽，也叫零余子。另一种比较常见的生珠状芽的植物是藤三七，一种西南地区常见的风味蔬菜，盆栽观赏也相当有趣。

深秋天寒，山药的地上植株终于枯萎了，先颗粒归仓地收集了所有的山药豆，真不少，足足一小碗呢。煮粥也好，做糖葫芦也好，然后，怀着激动的心情，我第一次尝试了挖山药。

这是个技术门槛相当高的农活，山药细长的地下茎不是横生的，它是竖着长的！所以，要挖很深的沟，才能完整地把平均长度超过一米的山药，完整地收获出来，稍不注意，就会折断。

花盆里收获山药，难度降低了很多，我采取的是把整个花盆的土都倒出来的笨方法。然而，并没有获得期望中的长粗山药，翻腾了半天，只找到约有手指粗细的一个三寸丁，形态倒是很完整，头部细小而根须丰富——这部分叫山药嘴子，在农业规模种植中，主要使用这部分来繁殖。下半部分粗细均匀，这就是菜市场常见的山药了。然而，我的这个山药太细太短，削完皮顶多就够一口的分量。

把这个三寸丁顺手扔回了花盆里，填好土，来年还请继续努力啊。

自己种菜这样玩：
以葱代花

粮食作物可以当观赏植物种，那么，蔬菜又为何不能当花插呢？

- 剪下一茎大葱花
- 随意搭配一些野草，这里用的是小飞蓬和菠斯菊
- 案头有了一抹自然色彩

花盆里单种一丛麦，
也是极好的

———————

远处蔚蓝天空下 / 涌动着金色的麦浪

…………

我们曾在田野里歌唱 / 在冬季盼望

却没能等到阳光下 / 这秋天的景象

每次听到这首《风吹麦浪》我都要偷笑一下，小麦哪有秋天熟的呢。从陕北高原到华北、江南，传统的小麦农作区，都是初夏成熟。就算是高纬度地区种植的春小麦，它也是在夏天收获。

风吹麦浪的景色确实是美的，如果有文艺青年对此感兴趣的话，我推荐赶在六月初的时候，往北京郊区农田去找，一定能看得到。而且务必挑个晴天，阳光灿烂，映着即将成熟的金黄麦穗，再略起些风，麦田便有了起伏，波光流动，美丽至极。

我经常在路边看呆，继而有了"自己也种一片麦"的大胆想法。不过，在观摩了老范割麦后，这个念头被打消了。种麦不难，难的是收割，几分地的麦了，兴师动众地开收割机来不适合，但人工收割，那不仅是个力气活，

一丛不按寻常方式种植的小麦，自有美感

还是个技术活！

前腿半弓步，一定要扎稳，侧身，右手持镰，左手抓住一束麦穗，镰刀自下向上，使巧劲斜撩，镰起，穗落。要是这个劲没用对，割完麦穗收不住势头，就手能把自己也割了。我在老范的指导下试割了几镰，完全不得要领。

于是，一片麦收缩为几丛麦，这个思路是拿庄稼当花种，实用第二，美观第一。收获的时候，就拿园艺剪刀一茎茎地往下剪，难道还剪不好？实践证明，效果不错。

九月底的时候，看着大片的农田里开始翻地，我也就跟上人家的节奏。超市里买来的麦仁，吃的时候扣下一小把来当种子，空地上挖个浅坑，撒七八粒进去，盖土，浇水。没几天，麦苗露头了。

小麦照料起来可比花草简单多了，整个冬天都不用管它，直到早春时节，大地解冻，麦苗返青，我种的那几丛，也并没有因为落单而习性大变，如常返青，跟着浇水锄草就好。生长、抽穗、扬花，挺拔、鲜绿的一丛中，抽出若干麦穗，在清晨阳光里闪闪发亮。司空见惯的农作物，一旦种在花园里，按观赏植物的标准来衡量，原来得分也不低！

"四月中，小满者，物至于此小得盈满。"源于中原农耕区的节气文化，小满主要指的便是小麦，农历四月中大约是公历五月底，麦仁开始灌浆，日益饱满，但离能收获的标准还有点距离，所以是比较谦虚的"小满"。

这时候的麦穗，摘下来是可以当零食吃的，用明火略烤焦外皮，极香。

小麦在北京是过冬作物

各地叫法不一，最常见的是叫"碾转"，我家就叫它麦仁。谷物蛋白质略烤焦时散发的香气，青麦仁的清甜，Q弹爆浆的口感，汇集成一种难以形容的滋味。

北京收麦的时间是六月中下旬，连续几天晴好，麦穗干透，叶边枯黄时，便可以收割了。自冬至夏，一轮完整的麦作，至此大功告成。

种小麦的体验非常不错，所以，我种过了之后，极力推荐各位住在市区公寓的朋友，在阳台上种两盆麦子，这也算是种花之外的另类选择。小麦种子易得，难度又低，从春到夏，赏完了麦草赏麦穗，最后，还能获得一束金黄的小麦穗。讲究浪漫的，拿它当干花插瓶；讲究实惠的，手工脱壳后煮一锅麦仁粥，生活多美好。

自己种菜这样吃：

烤麦仁

充满乡村风情的零食，偶尔尝之，念念不忘。

- 大半饱满的麦穗，在炉火上迅速地烤一下，大约是麦芒烧掉，外皮略焦煳的程度
- 将麦穗放在手心，双手对搓，吹掉麦皮，便可以食用

食材盆栽的文艺小清新

———

　　在缺少绿意的冬天里，我能做的事情是，把家里所有能发芽的都种一下，有的是种子，有的是菜根，有的是果实，不拘一格。

　　不要求它们开花结果，只要能发芽长叶，这份绿意生机就足以令人感动了。

　　年年必种的老三样：红薯、白菜头和洋葱头。这三者都是冬天的常见蔬菜，从吃的份额里拿出那么一个来，也并不觉得很浪费。然后，持续不断地开发新花样。

　　比如芋头，煮糖水芋头的时候留下一两个芽眼壮实的，这小家伙水培很容易发芽，萌萌的叶子很像常见的观叶植物滴水观音——没错，它们是血缘很近的亲友植物。

　　还有荸荠，又称马蹄，是冬天经常用来煮润喉糖水的食材，是江南水乡的特产，《汉声》杂志曾经走访苏州乡间，对当地的水八仙食材进行了非常详细的采风，从渊源历史到种植方式都有，其中，提到荸荠就是将其深埋泥中催芽。冬日闲来无事，我在家中照葫芦画瓢，居然在养荷花的小缸中，成功地发出了荸荠苗，线状绿叶笔直修长，真的挺美。

我把这些统称为：食材盆栽。

芋头、荸荠都无法自产，但玉米我有大量储藏，所以，冬天的重头戏，经常会落在它头上。鲜玉米吃不完，冰箱里也塞不下了，只能晒干保存，就是俗称的老玉米。

试探着拿了两根，放在水泥盆里，垫了麦饭石，加了清水，放在避光的地方，没几天，发芽了！

玉米发芽是很有趣的，因为胚芽在内层，所以嫩黄的芽其实是倒着长出来的，看着就像从玉米粒中间发出了很多小苗，衬着未发芽的玉米粒，格外讨喜有趣。

这时候就可以放在窗前接受阳光的照射了，没几天，嫩黄的小芽就变成了嫩绿，个头也明显地蹿起来了，有种雨后春笋的感觉。大概半个月，所有玉米粒都会发芽，齐刷刷地长成一小片绿色丛林，衬着简洁的灰色水泥盆，无论放在哪里，都是吸引眼球的风景。

玉米盆栽可以横着种，好处是苗会一次性发齐，看着特别浓密茂盛。也可以竖着种，就是用小一点的盆器，把玉米竖置其中，好处是苗会从底部慢慢向上发起，上部离水远的地方基本不会发芽，有对比，更具观赏性。横种

草莓玉米种在小钵里，很有趣

竖种，这就各取所需了。

种过一季常见的食用玉米，第二年我又种出了一群奇特的草莓小玉米，这是新培育出来的鲜食品种，色泽鲜艳晶莹，长约如指，玉米粒和绿豆差不多大，袖珍可爱，这个拿来做冬季盆栽，就更文艺清新了。

小小水杯中，斜放一管玛瑙红玉米，青苗次第长出，红绿相映，无论放在哪里都是一番风景。

和玉米叶类似种法的还有大麦，用新鲜的大麦种铺在碎石上，浇水，就可以种出碧绿的麦草，这便是风靡日本的健康食材大麦若叶（日语中将新叶称为若叶，读音为わかば），功效是改善亚健康状态，清理肠胃。超市货架上，琳琅满目的各种品牌干燥若叶粉末，其实，哪有自己种点榨汁喝来得效果直接？

食材盆栽易得、好种、无须打理，唯有一个小小的缺陷——不持久。清水难以提供充足的营养，短则一两周，长则几十天，在耗尽了根茎、种子本身的营养后，便会渐渐枯萎，这时候就只能遗憾地把它扔掉了。

然而，也别难过，在这些萌物的陪伴下，我们已经度过了冬天最冷清的时候，春天，已然不远。

自己种菜这样吃：
网红麦草汁

纤维素含量丰富的大麦草，是绝对的网红食材，其实，自己种来打汁，一点不难，而且更为放心。

- 收割长成的麦草
- 与其他食材搭配，打成菜汁服用

从厨房到文房，胡萝卜很忙

在我种遍了普通小清新的食材盆栽后，胡萝卜脱颖而出，从厨房一跃而至文房。

书房须雅，最好有几盆清逸俊挺的文房盆栽，这是独属于中国人的风雅。然而，对现代城市的家居环境而言，无论是浅根老桩盆景还是瓶插山茶，过于强烈的中国风，其实日常是很难打理的。

唯有新年的时候，养几盆水仙比较便宜，一钵清水，数粒卵石，几个水仙头，养上两三周便能开花，幽香阵阵，比之艳丽的蝴蝶兰，更适合中国文人的审美。

然而，在订购水仙头之前，某个初冬的清晨，一根发芽的胡萝卜头吸引了我的视线。

北方的冬天，室内温暖宜人，沾了点潮气的胡萝卜便自动萌芽了，长出的新叶呈羽状分裂，格外貌美。看起来有点像……罗汉松？

搭配着种几类不同颜色的胡萝卜，是很有乐趣的

胡萝卜头是常见的水培菜根之一，其他的还有白菜头、萝卜头、芹菜头等，这里的头其实指的是根部，这些根茎储存了足够的营养，在满足水分和光照供应的前提下，即使不栽种到土中，也能萌芽长叶，甚至抽薹开花。

想想看小时候养过的白菜头，用个浅盘便能养到开出一头金灿灿的黄花。由于白菜谐音"摆财"，所以，大人们也很欢迎这样的窗台摆设。直到现在，我还三不五时地养几个，挑那种特别有设计感的花器配上接地气的白菜头，混搭起来相当起范儿。

大圆红萝卜则是闽南地区常见的节庆盆栽，水培几日，下面生出密密麻麻的白须根，红皮绿叶黄花，格外喜庆。

而被我一手发掘的这个胡萝卜头，则完全摆脱了草根气息，走上了文房盆栽的路数。真是"翠枝结斜影"，为此我翻腾了半天，找出一只三足紫砂盆，架上块小山形状的装饰石——没错，一个踏过无数大坑的园艺爱好者家中，什么都有存货。把胡萝卜头连存水托底小碟一并放进去，用种多肉的赤玉土颗粒埋住，闪亮的"（仿）罗汉松盆景"诞生了！

真是有了伯乐，千里马才有奔驰的舞台啊。

受此启发，我又试了试其他菜根，发现芋头也颇有风姿，初发芽的时候叶片细尖如笋，然后慢慢绽开，两三片芋叶，清新雅致。可惜，成本略高，胡萝卜头是废物利用，而芋头是要舍了嘴中食，整个埋进去发芽。而且，芋叶一见阳光就会迅速长高，又得换新芋头。

还是胡萝卜吧，环保省钱。

当然，无论是芋头还是胡萝卜头，这一盆模仿秀的观赏期限都不长，胡萝卜叶生长的速度也很快，不过，可以陆续地把外面长残的叶子摘掉，中心部分还会继续萌发新叶。如此新旧交换，能支持大半个月。之后，就轮到新的胡萝卜头上台了。更换起来很简单，拨开植料颗粒，把旧的提溜出来，新的放进去，两分钟完成。

只要家里还有储存的胡萝卜，我就不担心案头没有可赏之物，菜农的附庸风雅，是不是也有点值得赞赏？

自己种菜这样玩：

欧风菜根

与胡萝卜的中式风格形成鲜明对比的，是一看就很欧式的球茎茴香。其实它供食的是膨胀的根茎，但嫩叶也可以食用。

- 秋末将球茎茴香连根收获，剪去枝叶
- 放在花盆中用清水滋养，会陆续发出嫩茴香叶

尾大不掉苜蓿菜

因为种了很多胡萝卜，所以获得了很多胡萝卜缨子，于是不止一位朋友建议我把触角伸到养殖业去，养兔子或者养羊，理由现成的："你不是有那么多胡萝卜缨子吗？"

对这些一拍脑袋的建议，我都能保持清醒的头脑，理智应对。胡萝卜缨子才够吃多久，要养羊养兔子，那得种牧草，比较现实的，莫过于苜蓿，它既是畜牧业作物，也可以翻耕用作绿肥，算是花园里的两全之选。

我对绿肥作物的概念，最早来自 BBC 很有名的一档园艺节目 *Gardeners' World*，在花园空地播种苜蓿，然后在幼苗阶段便进行翻耕，将苜蓿粉碎后翻入土层，经过一段时间的发酵后，土壤便会变得疏松肥沃。

苜蓿。我当时便牢牢地记住了这个名字。

厨房花园开始建设的时候，看着大片空地，深觉体力有限，播种苜蓿成为一个看起来不错的方案，我甚至想把除了中心地块和墙边花园的其他地方都先种上苜蓿，可惜当时仅有一小袋种子，能撒几十平方米而已。

在批量采购和先种上看看效果两者之间，我无数次地庆幸，选择了后者。

苜蓿的发芽能力没的说，播下去几天，争先恐后地往外发，密密麻麻的一块小绿毯，看起来煞是赏心悦目。大约在40天苗龄的时候，我进行了翻耕，将半大苜蓿铲碎，埋在地里，盖上草帘，静待一片肥沃土地的酝酿。

这片地是没出什么岔子，岔子出在其他地方。可能是撒种的时候手抖撒歪了，或者是种子自己想溜达溜达，反正是从此以后，苜蓿在周边区域就跟我打起了游击战，稍不注意，就有几茎挺拔的苜蓿，绿油油地杵在油菜地里、波斯菊丛中、田埂边或是随便什么地方，其生命力之旺盛、适应性之强大，真是展现得淋漓尽致。

这个关键的阶段，我犯了一个关键的错误。虽然是看到苜蓿就随手拔，但我并没有务必除尽而后快，偶尔有几株零星开花的，更是抱着欣赏的心态任由它去。对园子里的各类"杂草"，我基本是抓大放小的原则，首先，别影响中心蔬菜区；其次，不过分蔓延。做到这两点，你们就好好地长着呗。

如此春去秋来，打游击战的苜蓿，居然建成了一小块固定阵地，翌年春末，在院子的最南端墙侧，紧挨着洋姜，一片紫色的苜蓿花田，悄然成形。而这里和我起初播种它的地块，恰好形成一个对角，望着风中摇曳的紫色花穗，我难以想象，这种植物是怎样争分夺秒地发芽、开花，尽可能远地撒播自己

紫花苜蓿开花的时候，自有一份美

的种子，终于找到一个合适的角落，繁衍生息。

这便是生命与生俱来的智慧吗？

为了表示对这种智慧的尊重，我保留了这一小片苜蓿花田，当然，也是因为它远在南墙根，离中心种植区有段距离。但是，尊重是有限的，对于长到花田、菜田里的苜蓿，那是绝不能再手软了。

朋友们听说苜蓿泛滥了，纷纷给出主意，最多的一条就是"吃！"，陕西籍的朋友告诉我一句话："关中妇女有三爱：丈夫、棉花、苜蓿菜。"我对此心怀疑虑，南苜蓿好吃我是知道的，江南一带气候适宜金花苜蓿生长，春季发出的嫩梢便是著名的一味春蔬——草头。但北苜蓿，也就是紫花苜蓿，传统是作为牧草来应用的，食用并不广泛。又或者是我炮制不得法吧，采了些嫩梢，开水汆烫后凉拌，满怀希望地尝了尝，一个字：苦。再尝，还涩。

这时候，就真的可以考虑养羊了。不过，鉴于暂时我还分不出精力来自己养，所以先盛情邀请邻居……的羊来我这边吃草！把它拴到这一小片，既喂了羊，又除了草，还积累了放羊的经验，多好。

主意是打得不错，怎奈过了半个月，邻居就不怎么肯带羊过来了。我去探问，得到的答案是："哎呀，我家的草最近长势也很旺，都指着这只羊呢！"

所以，真的到了购进一只小羊羔的时候了吗？

自己种菜这样吃：
先赏后吃草莓塔

苜蓿嫩叶什么时候就不堪食用了呢？地栽草莓成熟的时候。

• 采摘草莓时，尽量带上茎枝
• 多层插摆，上面装饰苜蓿嫩梢与茵陈蒿茎枝

养猫，还是养猫薄荷？这不是个问题

除了兔子、羊、鸡、鹅，还有建议我养猫的，基本上，看到花园里旺盛的一大丛猫薄荷之后，很多人都会顺嘴提这么一句。

园子进门右侧，一大丛三年生的猫薄荷，枝叶繁茂，半匍匐状地占据了至少两平方米的面积。每逢有铲屎官来此，我都会特地介绍一下并殷勤探问："要不要给主子捎点回去？"

令人吃惊的是，虽然大部分铲屎官都买过相关玩具，但见到活体植物，能认出来的很少。因为它被种植在食用香草区，还有不少人扯下来就往自己嘴里放。

有时候来得及拦，有时候……

好在，猫薄荷人吃了，也没啥事。猫薄荷在草药疗法盛行的中世纪欧洲就有应用，方式还很多样，比如用新鲜叶子泡茶、当药草嚼、晒干了和烟丝混合。

遗憾的是，这种对猫来说相当刺激的植物，对人类来说，起到的却是镇静剂的作用。每个年代都不缺少想把猫薄荷当大麻的叛逆青年，结果呢，直到现在为止，猫薄荷在人类的世界里，还是一种很安全的植物。

我一个非铲屎官为啥要种它呢？一是为了美化，二是为了驱蚊，捎带手的，为别家的主子提供些零嘴。

猫薄荷对猫科动物非同凡响的影响力，很早就被发现了。这种唇形科荆芥属的植物，学名是 Nepeta cataria——cataria 的意思就是猫很喜欢它。猫薄荷在园艺上是应用率很高的地被绿化植物，它耐寒、耐旱、生命力强健、自带驱虫效果，繁殖能力还很强。每年春天初萌发的时候，我都会挖些根部来送人做盆栽，饶是如此，它也飞快地从只有一根枝条的小苗，长成如此大的一蓬。

猫薄荷最萌的时候是初春，紫绿相间的叶片从地下钻出，毛茸茸的，还带着锯齿边，再长大一些，银色光泽会更加明显，再加上枝条密度高，株形十分饱满，所以即使花朵不怎么起眼，还是具有相当高的观赏度。

从夏到秋，我赋予猫薄荷的重任是：驱蚊。

这种植物能够让猫咪们兴奋的奥秘，在于富含一种叫荆芥内酯的成分，它同时还是一种有效的驱虫剂，效果远超目前常用的驱蚊胺，这个功效对菜农来说相当实用。夏秋的黄昏，蚊虫滋生，半空中，经常能看见一团团的"虫云"。在田间劳动时真是不胜其扰，即使穿着长袖长裤，戴着驱蚊手环，抹了驱蚊油，

猫薄荷的美很秀雅

两小时下来，还是会收获好几个大包——这还是因为我属于蚊子不太喜欢的体质呢。

为了解决这个问题，厨房花园里移栽了不少据说有驱蚊效果的植物，比如俗名就叫驱蚊草的香叶天竺葵；驱蚊精油里常见的香茅草，以及猫薄荷。经过几个夏天的验证，这几种植物确实都挺有效，但前提是得折断茎叶，让它们特有的味道散发出来。

几种植物对比起来，驱蚊草长势较慢；香茅割起来比较费力气；猫薄荷是用起来最简便的，枝条繁盛长势快，在比较固定的劳动地点，先采点猫薄荷枝条，揉碎了扔在那里，一会儿再过去，全程清静。

所以，对一个菜农来说，选猫，还是选猫薄荷，这真的不是问题啊。

自己种菜这样玩：
虚拟养猫

由于要照顾为数众多的花草蔬菜，实在没有精力再去伺候一只猫主子了，但这不妨碍我云养猫、虚拟养猫

• 采一枝猫薄荷嫩茎
• 插在猫型调料罐上，希望这位虚拟主子能够感受到我的情意

一周速成的红薯盆栽，你值得拥有

如果冷不丁问我"怎么种红薯"，我会愣一下，然后反问："你说的是哪种种法？"

从春到秋，在田地里种出收获喜人的红薯，是一种。而在冬天，用壮硕的红薯在花盆里，种出绿意盎然的观赏盆栽，又是一种。

对绝大多数人来说，不太有体验第一种的机会，但第二种，却是非常值得尝试。

所谓红薯盆栽，就是利用红薯薯块在适宜温度、湿度下会大量发芽的特质，用漂亮的盆器把它盛装起来，加入清水，培育出观赏度很高的盆栽，确切地说，应该叫红薯（伪）盆栽。

假如照料得当，一盆红薯盆栽的观赏期限，大约是三个月。

其实够了。在萧瑟的秋冬季，它恰好能为家添一抹难得的绿意。而且从投入的时间精力和获得的满足感来说，红薯盆栽的性价比是非常高的。

我没见过什么比红薯盆栽生长更迅速的绿植了，在阳光和水分充足的情况下，它两三天就能长出满头绿叶，要是舍得下料，找只深钵，放三五只红薯下去，一周后，红薯盆栽便能长到合抱大小。

单只也美，特别是那些长相比较奇特的，一旦发出绿叶来，配个有意境的浅盆器，完全可以 COS（模仿）老桩盆景。

无论哪一种，种红薯盆栽最要紧的一点就是控制形态，尽量让藤蔓直立向上生长，这样看起来挺拔俊秀。然而，因为薯块能够提供足够的营养，这个恰好到处的状态很难自然维持，红薯藤蔓会迅速伸展，没两周就变成乱蓬蓬的一大丛，观赏性反而降低。

所以，在这件事情上，我学到的最重要的一点就是：节制。

将发芽的薯块放进盆钵，加适量的清水，在前三五天，都可以任其生长，但后面就要有所节制。控水、多晒太阳和适当的低温都很有用——有没有觉得很眼熟，没错，如果想把水仙养得矮又壮，也是要用到这几招。

控水是相对好实现的一招，盆钵里的水，只留浅浅一汪就好，这样须根不至于干枯，但发新根的速度会明显减慢，相应地，上端红薯叶的生长速度

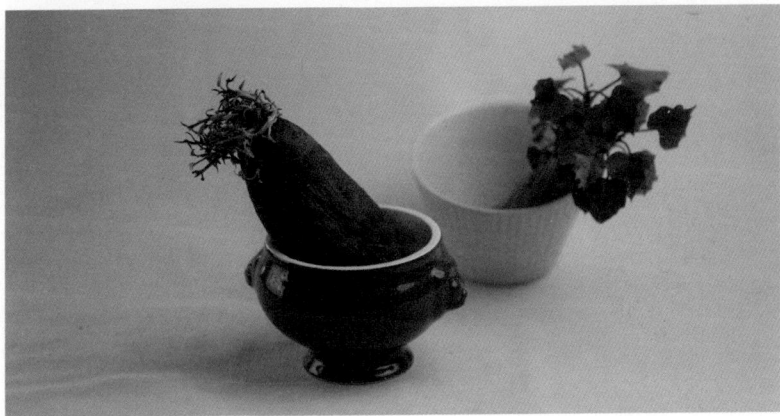

红薯盆栽会因为所选薯块的形态，呈现千变万化的美

也会降下来，在最佳状态下可以维持得更长久。

红薯盆栽教会我的第二件事情，是舍得。

即使采取有效措施，盆栽还是会慢慢走形，耷拉着的藤蔓、发黄的叶片都是在室内种植红薯时很容易遇到的状况，很难逆转。这时候就需要彻底修剪，齐根剪掉长势不佳的藤蔓，然后，放在阳光充足的地方，静待它重新发芽。

一花一世界，即使是再简单不过的水培红薯，只要认真去做，便能从中领悟良多。

自己种菜这样玩：
案头花园

几盆绿植，在餐桌上组成小小的花园，素材不够的时候，我经常用红薯凑。

- 常春藤和垂叶榕都是常见室内绿植，搭配一个发芽红薯后，立刻新意十足
- 寻找一个合适的容器，将它们集中摆放

玫瑰有四种吃法，你知道吗？

三年前，在厨房花园里种下两株食用玫瑰，贪图的并不仅仅是花开的美，关键词反而是鲜花饼和玫瑰酱。

所谓食用玫瑰，其实并不是一个确切的定义。从商业上来说，制玫瑰花茶或者做玫瑰酱，都逃不出这几种粉红色系且只在五月开花的玫瑰：大马士革玫瑰、法国千叶玫瑰、平阴玫瑰和苦水玫瑰。要是真论口感，也确实是这几种玫瑰较好，花瓣柔嫩，玫瑰香气最为浓郁。

不过，如果是以吃货的视角来看待，月季、玫瑰、蔷薇都是可以吃的，口感上的小小差异，与"自己种玫瑰自己吃"的享受比起来，可以忽略不计。

从南到北，春末夏初真的是玫瑰的季节，家门口绿地、小区围墙、公园树篱，连城市公路的防护带，都被盛放的它们占领了。然而，这些只供欣赏，想吃，还得自己在家种起来，精心呵护，有机除虫，在最恰当的时候采摘。

刚刚显色的花蕾，是制作玫瑰花茶的最佳原料，然而剪收的时候，需要克服一下对它们的愧疚：对不起啊，没有给你们在阳光里绽放的机会。

如果要做鲜花饼或者制玫瑰酱，那就需要半开的玫瑰了，自己种植最大的好处是因地制宜。按理说，玫瑰花瓣需要清洗，晾干后才能做酱。做任何酱都忌讳混入生水，不过，要把玫瑰花瓣冲洗干净再晾干，这个程序也是挺烦人的。我的偷懒做法是先把浇水的喷头改成喷雾形式，冲洗枝头玫瑰，让它自然在风中晾干后，再采摘花朵，这样省时又省力，还能多欣赏一会儿带露玫瑰的娇美，一举多得。

如果是盛开的玫瑰或月季，那就只能凑合着做些玫瑰花瓣硬糖了——这种相当女人味的零食更适合用大花月季来做，因为它们有丰厚的花瓣和艳丽的色彩，做出来更诱人。园子里也有几丛直立月季，是随意移植在门边用作屏障的，开橙红色的花朵。要用的时候去摘几朵盛开的，将花瓣洗净，晾干，刷薄薄一层蛋清，再撒上砂糖，然后，放在烤箱边上——注意，不能直接放进去——用最低挡的温度慢慢地烘干。花瓣的美色被最大限度地保留了，糖赋予了它更甜蜜的口感，十几片装在小碟子里，看着心都要融化了。

几种吃法比较起来，玫瑰酱是重头戏，稍纵即逝的美以另一种形式得到了长久的保存。

玫瑰花瓣倒入容器，加砂糖，用手来回地揉搓，我做的时候喜欢轻揉，大致成型即可，这样，做成的酱中还能看到较大的花瓣碎片，吃的时候便会不由自主回想起开满玫瑰的初夏。

自己做这种需要时间酿造的美食，有点折腾的地方就是每天都不由自主地惦记着。打开冰箱的时候，总都不忘问候一下玫瑰酱："请问，什么时候可以吃你呢？"

理论上，玫瑰酱要几个月的时间充分发酵，但每天看着布丁瓶中的混合物颜色日渐深沉，性急的我实在忍不了那么久。喝了两回下午茶，做了一次鲜花饼，不到夏天的末尾，我就只剩下最后一勺玫瑰酱了，所谓 The Last Rose Jam of Summer（夏天最后的玫瑰果酱）是也。

看到这样的美景，心里仍然能想起吃

做玫瑰酱的手艺在逐年提升

还好，明年仍能再见。

无论玫瑰花茶、玫瑰酱或是花瓣硬糖有多美味，我都不会采尽花朵。留几朵玫瑰在枝头，暮春的黄昏，坐在离玫瑰最近的地方，闭上眼睛，等待春风将玫瑰的芬芳送到鼻端，这，才是种玫瑰的真谛啊。

自己种菜这样吃：
做玫瑰酱

每年我都会做几瓶玫瑰酱，至于具体几瓶，看当年产量而定。

- 花瓣清理干净，倒入容器中
- 加入适量砂糖，以手揉搓，揉成颜色深浓、质地浓稠的一团即可
- 装瓶，倒入蜂蜜后，密封

回不去的故乡，种得出的乡愁

———

"张季鹰辟齐王东曹掾，在洛，见秋风起，因思吴中菰菜羹、鲈鱼脍"，于是，卷起小包袱他就辞官归故里了。

魏晋风度令人神往，但照着做难度实在太高，对主动选择在大城市生活的年轻一代来说，故乡已经被诸多现实因素割裂在世界的另一端，扪心自问，答案明明白白摆在那里："我们再也回不去了。"

乡愁于我们这一代而言，是一种温柔的抽痛。

绘本作家高木直子在某本书里画了这样一个小细节，在东京的超市里，她看到家乡的食材被装得整整齐齐摆在货架里，忍不住说了一句："你也来啦。"

这一句问候真的戳中泪点。

好在自打开始种菜后，我发现可以用另一句来治愈："你也来吧！"

开始只是为嘴，想喝菊叶蛋汤；想吃清炒鸡毛菜；想吃"赛鸭梨"的沙窝青……买不到新鲜合适的食材就自己种，种子或种苗网上很容易获得，对菜农来说，有了土地就有了一切。慢慢发展到友情代种——

重庆人会在初冬将至时发来信息："种豌豆尖吧。"

河南人的后代每逢春天都会提醒："给我爹种点荆芥。"

皖南的朋友说："哎，想吃矮脚黄了……"这个要求实在有点刁钻，矮脚黄不是不能种，但这种青菜，离了故土，在北京的气候条件下会自动长成高竿白，形态差得明显，口感也大为逊色。

东北人问我："臭菜有吗？"这个真的随时有，俗称臭菜的阔叶芝麻菜自从种过一季后，在这两亩地上就自动繁衍生息，在野草丛里扒拉扒拉，就能凑出一把。

苏州人比较不现实："鸡头米能种吗？那菱角呢？茨菰呢？不行就来点水芹菜吧。"我懂，这位客官是照着水八仙点的菜，对不起，目前统统实现不了。

有时候还得自动翻译，台湾人问："A 菜好种吗？"A 菜 = 莜麦菜，因细长叶略似字母 A 而得名，不仅有，还有绿、紫两色品种可选呢。

夏天的天空，有丝瓜的金黄花朵闪耀

　　鱼腥草、红菜薹、草头、菊花脑、冬寒菜、藤三七、红葱头……或应朋友们要求，或纯属个人兴趣，陆陆续续地，我的迷你农庄里，也集中了不少各省特色蔬菜。能把它们在气候迥异的北京拉扯长大，成就感真的很非凡，而朋友们闻讯前来探访家乡老友的喜悦，更是令彼此都被治愈。

　　也并不都为了吃，电商如此发达，没啥特色风味是求之不得的，然而，亲眼看见熟悉的植物在异乡的土地上开花结果，那意义是不一样的。我们，也像这移栽他乡的蔬菜，即使各种水土不服，还是能发芽、生长，直至归化。

自己种菜这样吃：
做韭花酱

韭花酱具有迷人的、独特的味道，然而，大部分市售品风味不足

- 从根部采取已部分结籽的韭菜花
- 洗净，去梗，加盐入料理机打成酱
- 装瓶发酵

西葫芦的花和果都集中在中心部位

实用指南

如何做到一年四季都能吃上自产蔬菜

一切不以吃到嘴里为目标的种菜，都是那啥。

在起初尝试的阶段，那啥一下无可厚非。在种到得心应手的阶段，那啥一下也是可以接受的。

然而，总要有一个阶段，我们要踏实地以"每天餐桌上都要有自产食材"为目标，否则，种菜这件事就失去了最基本的意义。

尽可能多地享用自种蔬菜，从食品安全、营养健康、生活美学、有机环保……任一角度来看，都是值得的。

1、小空间种植如何切实提高蔬菜产量

小而丰产，听上去很令人向往，做起来并不容易，难度在于没有什么大招能够一招制胜，它需要的是点滴日常工夫的投入。在几年的种菜实践中，我的总结是，做到以下这几条，就能得一个不错的分数了。

把好源头关。种符合时令的蔬菜，只选良种、壮苗。顺应天时，蔬菜照料起来最省心。良种产量高；而壮苗不易生病害，意外损失最少。

日常护理事半功倍。每周两次的常规护理，及时抹去侧芽、打顶、剪除枯花、去除老叶黄叶，这既是对菜园的清洁，也是维护蔬菜的最佳生长状态。其实并没有什么复杂的活，但胜在润物无声。和一周集中突击五小时比，前者产量绝对数倍于后者。

及时补肥。容器种植营养补充全靠施肥，蔬菜生长旺盛期需肥量大，除了购买有机肥料，自置堆肥箱也是不错的长远措施。

2、一时吃不完，一时没的吃，这个矛盾如何处理

种植生长周期短、一次性收获的绿叶菜类最容易遇到这个问题，小菜保鲜短，一旦拔之下来就要尽快吃，过后再想吃也没有了。

我对这个矛盾印象极为深刻，刚开始种菜的时候没经验，各类小青菜统一播种，每类一畦，到收获期就抓狂了，春夏之交升温很快，绿叶菜会急剧老化，加班加点地吃还是大部分都浪费了。有的让它开花，有的就地翻埋当了绿肥。

解决的终极办法是少量、分批播种。以樱桃萝卜为例，从三月底起开始播种，每七天播种一茬，直到种满预定面积，这样，从四月中旬到五月底，能够一直收获熟到恰好的小萝卜。

另一个辅助措施是持续采收，以芝麻菜为例，它的收获就是单叶采摘——每次只采收外围刚长成的叶片，植株可以维持生长。此外，假如自种莜麦菜和苦苣，也可以试试这样收获。而不是像超市出售的那样连根掘起。

3、有什么收获期足够长的品种吗

其实，沿着持续采收这个思路往下写，还真的能找到不少"种一盆吃一年"的蔬菜，代表种类就是香草。诸如迷迭香、百里香、鼠尾草、薄荷这些常用香草，在适宜的温度下都可以多年生长，用量又不大，种上几盆就足以四季享用。

如果觉得香草不算蔬菜，那也有其他选择。比如很家常的芹菜，自己种植可以从外侧采收叶片，十几片就足够一餐。而比较欧式的叶甜菜、羽衣甘蓝，植株高大健壮，既美且丰产，也是单叶采收，收获期可达半年之久。

至于果豆类蔬菜，如秋葵、小型番茄、四季豆，整个夏季都是丰产期。相对来说，黄瓜、大番茄、茄子维持丰产的时间算比较短的，40天左右是正常水准。

至于甘蓝、莴苣、洋葱这一类食材，虽然种起来也很有喜悦感，但如果地方不足或是精力有限的话，建议谨慎尝试。以洋葱为例，北方露地种植需要在前一年秋季育苗，春季移栽，初夏才长成，周期长达九个月，而且必须一次性收获，在土地使用效率上实在是不算高。

4、自己种菜可以获得哪些彩蛋食材

彩蛋是埋藏起来的惊喜，只有观察力和耐心都足够的菜农，才能够获得它们。

比较显眼的，是那些可以买到的小众食材，诸如黄瓜花、南瓜尖、红薯叶等，风味独特，一吃难忘，自己种菜的时候就会惦记上。假如空地足够，强烈推荐种植南瓜，生命力极强健，除了苗期锄草几乎无须照管，除了贡献南瓜，大量旺盛生长的藤蔓尖和持续开的南瓜花，也都是很有趣的食材。

隐藏得比较深的，是那些需要脑洞大开才能想到的食材。比如，种植胡萝卜需要间苗，那些底下已经长出牙签粗细小胡萝卜的苗也别扔掉。带回家，清水洗净，拌沙拉是绝佳的爽口食材。其他如萝卜苗、豌豆苗、芹菜苗，全可以照此推论。

此外，如果你是个异国料理爱好者又苦于买不到那些特色食材，自己种

金秋是洋姜开花的季节

菜可以弥补遗憾。比如树莓，这种诱人的小浆果几乎每本烘焙书里都会出现，然而，在国内很难买到新鲜果实。我在园子里试着栽了一排果树，惊奇地发现，它一点都不难伺候！

5、如何"文艺地"处理农获

当自己种菜的产量超出日常所需时（当然在小空间种植中这个概率不大），怎样处理才能有更多的乐趣？

分门别类地归纳一下。

绿叶蔬菜直接吃掉，城市人群多补充维生素和纤维素总没错的，和邻居分享也是个好办法。

根茎类蔬菜可以用吸水纸包好装箱短期储存，或者学着制作几种泡菜，装在好看的玻璃瓶里，当手信相当精致。

香草剪收后，捆成小束，挂起来晒干，可以随时取用。除了烹饪使用，装在纱布包里还可以当空气清新剂来用。

酸甜多汁的果实可以制成果酱，这一条特别适用于西红柿。

冰箱足够大可以考虑冰冻保鲜，甜豌豆、嫩玉米以及不少香草（包括香菜）以这样的方式保存都很方便取用。

6、冬季也想吃自产蔬菜，现实吗

虽然现代农业设施已能够保证冬季蔬菜的供应，但对条件匮乏的种菜爱好者们来说，冬季吃自产蔬菜，难度很高。以我为例，春夏秋三季自供有余，但冬天的收获仅能略微点缀下三餐而已。

当然，冬天在室内种一些绿意盎然的蔬菜，所能获得的满足并不仅仅是肠胃方面的，所以，还是不要以产量为唯一标准吧。

以下这些冬季种植活动，既能有所收获，又能带来满满乐趣。

芽苗菜。主要收获种子发出的芽或幼苗，口感清爽，维生素 C 含量高，而且品种日益丰富，在豌豆苗、萝卜苗等常规品种外，还有西蓝花芽、玉米芽、苋菜芽等新鲜选择。

菜根种植。在欧美被称为"regrow"（再生）的这种形式，最能令人感受到有机乐活。使用芹菜、白菜、球茎茴香的根部作为培养基质，只需清水就能长出新的菜叶供人食用。

盆栽蘑菇。专业种植者在基质上接种好菌种，做成菇包，买回家后只需要浇水就能收获若干茬蘑菇，是近来最受欢迎的亲子种植类型。

PART 5

菜园里，持续收获的小确幸

第五章

住在城市中，我们一直渴望改变与自然的相处方式，那有什么比种菜更适宜的呢？

亲手去展开一株植物的生命历程，照料它萌芽、生长、开花、结果、枯萎，直至下一个轮回，这是人对自然的探询。

生机勃勃的叶、美丽鲜艳的花、甜美多汁的果，自然回馈给人的，绝不止这些看得到的农获，还有那些难以确切描述的精神映照：感动、喜悦、沮丧、惊奇、震撼……

有施有受，有来有往，在这样的循环往复中，我们重建了与自然的关系。

种菜几年，视力回升

2017年体检再传捷报，我的视力实现了连续增长。

最低谷的时候，两眼视力分别只有0.3和0.6，虽然吃了各种对眼睛有好处的保健品，也积极地按照医生的建议爱眼护眼，然而，都市人的生活方式对眼睛真的是太不友好，视力一直在低位徘徊。

在转型成为菜农的第二年春天，体检的时候收获了惊喜。0.5和0.8，成年后呈缓慢下降趋势的视力，首次出现了上扬。第三年维持，今年，0.6和1.0，这两个数字看起来是相当心旷神怡啊。

怎么做到的？我认为要归功于三年来持续不断的田间劳动。

保护视力最基础也是最重要的一条就是避免过度用眼，多看绿色。在地头劳作的我，这条执行得相当到位。不过再细想，也不是那么简单。只是多看绿色吗？我这个菜农更多感受到的，是大自然无穷无尽的色彩。

　　种地也是很耗眼的，难度我觉得不比做杂志看校样低，但这种消耗却因为丰厚的回报，得到了更大份的补足。

　　春风一吹，两亩地里的各种宿根植物就纷纷发芽了，最早的一批是圆叶景天、龙血景天、猫薄荷、亚麻、过路黄。这种地栽的植物发芽，和盆栽植物分芽可不一样。盆栽植物由于环境有保障，气温稳定，钻出来的都是嫩绿的小苗，在褐色盆土上格外显眼。而地栽的植物是顶着料峭的春寒，试探着冒头，嫩叶当然也是绿色的，但在带着寒意的风里一吹，立刻就变成红褐色——这个过程，类似婴儿的小脸蛋在秋冬季会被吹得皲裂——与土壤颜色十分相近，再加上露天难免的各种断枝枯叶掩映，这些小家伙简直像在跟我玩"大家来找碴"的游戏。

　　春天的乐趣，好吧，也可说是烦恼，就是在看起来毫无动静的土地上，寻找各种萌动的迹象，目力所及，是自然的丰富色调，虽然乍看都是灰扑扑的调子，但却有着清晰的层次。未解冻的阴面地块是灰白色，解冻的阳面地块则呈现新鲜的灰黑色，在蛇莓蔓枝铺满的地面上，悄悄裂开一条细缝，几芽怯生生的过路黄钻出土来，低温给它们镶上了一层红边，恰如大地捧出的小玫瑰。而在它的隔壁，箭叶堇菜豪爽地顶着一坨沙土冲上来，为了保暖，叶片微微地向内弯卷着。比它们更早一步的是野生的荠菜，叶片摊平，紧贴地面，似乎这样就能汲取更多热量似的。

　　这肯定是费眼的活，但做起来心情愉悦，大地蕴藏着无限生机，以各种各样的形式呈现出来，令我这个劳作者有满满的感动。不断地转换视角，发

找得到金边过路黄的身影吗？

现惊喜，忙活半天回家一照镜子，发现自己仍然处于两眼放光的状态中。

除了地面，枝头也是练眼的好目标，食用玫瑰最不怕冷，几乎每年都是率先返绿，灰白色带刺的枝条上，忽然有天就染了一抹绿，星星点点。然后，山楂、樱桃、枣、核桃，一群树苗纷纷跟上。北京春季多晴朗，蓝天下极目远眺，从枯枝中寻找初绽绿芽，真是种愉快的自我挑战。

不夸张地说，以现在的视力，十米外的花椒发芽了没有，我一眼扫过去就清楚了。

最有趣的是香椿，可能是因为知道我在等着它贡献食材，拖拖拉拉没动静，然后来个突然袭击。前一天还是光秃秃的枝干，第二天枝顶就绽开了一丛嫩叶，鲜红褐色的香椿芽其实还挺有隐蔽性的，不注意就会错过。

然而，有件事情香椿没搞清楚，再狡猾的猎物，也逃不过猎人的好眼力啊。

自己种菜这样玩：
采收芦笋种子

虽然现代农业提供培育良种，但作为小农理念的拥护者，我还是经常试图自己留种，即使这很费眼。

• 芦笋开花后结出圆形浆果，浆果色泽转黑时即可采种
• 将浆果晒至干瘪，轻轻揉搓，取出十分细小的种子

嘀，这是今天掉落的小确幸

小确幸的本义其实是小小的确定的幸福，但作为露天种植者，我的小确幸们，却都是随机掉落的。我知道它会降临，却不知道何时、何地、以何种方式降临。

墙角边的箭叶堇菜，是小鸟捎来的，还是风儿吹来的？仿佛是突然间，紫色花朵就悄悄地绽放了。开心的农场主不仅没有锄掉这些野花，还在结籽期特地为这片地多浇了几遍水。

于是，今年春天，我就有了一片绵延十来平方米的迷你堇菜花田。由于体形娇小，它们并不影响玫瑰、爬山虎和蜀葵的生长，只是努力地装饰着地面。

"打瞌睡的碰上送枕头的！"

除了堇菜，遇到少花龙葵（乌点规）、车前草、点地梅这些野生植物我都会手下留情。少花龙葵虽然很影响蔬菜生长，却能够源源不断结出好吃的小野果——各地叫法不一，最常见的称呼是野葡萄，鲜甜多汁，就是个头有点小。车前草是传统的中药药材，偶尔会有朋友需要。点地梅是我最爱的小野花，五瓣的白色花像星星一样散落着，仔细看，还镶着粉红色的边呢。

这些是来了不走的小确幸。还有一些，是有来有去的小确幸。

傍晚时分，鸽子们会飞来喝水。因为没有埋设喷淋头，地里浇水仍然是很原始的漫灌，短时间内垄沟里会蓄满清水。不知道是哪只聪明的小鸽子发现了这件事，从四五月开始，直到秋末，一群鸽子会准时过来饮水——我猜在它们的交流中，这可以被称为花园下午茶吧。

桌角边盛开的二月兰，是初春的风物

鸽子在北边的田埂上喝下午茶，互相理着羽毛，咕咕地叫着，踱着步，我就在不远处劳动，分润着它们那份悠闲惬意。你看，何需专门飞去伦敦，只要有了鸽子，在哪里喂不都是同样的满足吗？

与鸽子们的有序规律相比，麻雀就散漫得多了，由于农场生态环境不错，这里的麻雀数量众多，它们有时候待在墙外的电线上，排成长长的五线谱；有时候落在紫苏田里啄苏子，唧唧啾啾吵成一团，一旦我走近想与雀同乐，上百只呼啦一下就全飞起来了，比起艺术青年们的"快闪行动"场面可是更炫酷。

在这两亩地里，我还曾接待过羽毛斑斓绚丽的野鸡，不知从哪里窜进来的黄毛野兔，以及一只叫声异常婉转的白色长尾羽不知名飞禽。虽然它们也并不会给我衔来稀奇的野果，但能够看到这些城市里罕见的面孔，一整天心情都会很好，就像打游戏抽到了 SSR（式神的最高珍稀度）卡！

每天推开园子的门，我都满怀期待，今天，又将邂逅什么样的小确幸呢？

自己种菜这样吃：
坐享其成尝野果

少花龙葵是我小时候最常吃的野果之一，虽然科普文章说它有微毒，但我忍不住看见了就要尝几粒。

- 采摘成熟的深紫色小浆果
- 清水冲洗一下直接食用

菜地里的逆境修行

————

　　大部分时候，种菜都要顺应天时，并且尊重蔬菜的自然习性，但也有些时候，你得迎难而上，不能因为某种菜不适合当地气候，就连试都不试，梦想总是要有的，万一实现了呢？

　　我就是抱着这样的心态，来种植甜椒和抱子甘蓝的。

　　甜椒是我非常喜欢的一种蔬菜——也许称它为水果更恰当——这种全无辣味、甜脆多汁的彩色椒，那种爆浆的口感真是太令人着迷了。

　　辣椒并不算难种的蔬菜，它是很常见的阳台蔬菜，不管结多结少，总归是有产出的，然而，种甜椒却很可能颗粒无收，至少到目前为止，我还没有成功过。

　　问题出在哪里呢？气温。

　　辣椒是热带作物，喜温，种子发芽适宜温度为 25℃，低于 15℃ 植株便停止生长，所以，露天种植一般都要到四月中旬，才会移栽室内育好的辣椒苗。

　　然而，甜椒这个别扭的家伙，既喜温又怕热。这个可以理解，人工培育的品种，越美、越好吃的，通常生长条件越苛刻。以玫瑰做比方，野蔷薇或普通的月季，几乎可以当成野花养。但是人工培育的重瓣、特殊颜色，那简

抱子甘蓝的身影，格外巍峨

直是要当祖宗一样供着养才行。

傲骄的甜椒，天气一热就落花落果。其上限种植资料给的数据是温度超过 35℃或夜温高于 26℃，但从我失败的经历来看，露天种植，30℃就是极限了——换算成北京的天气的话，基本就是五月中下旬。

这短短的一个月，就算我天天跟在后面催，甜椒也很难完成长大、开花、结果、转色的椒生历程，只能在炎热的天气里，长成一排傻傻的大个子，和我两两相望。

屡败屡战，我也并不是完全重复前一年的失败流程，每一次新的开始前，都会有诸多改进，比如，提前育苗，比如搭遮阳棚，今年，就索性改成了盆栽。无论如何，我也要吃上自己亲手种出的一枚甜椒！

另一种明显提升我逆商的蔬菜是抱子甘蓝，这种原产于地中海沿岸的蔬菜，相当偏爱冷凉气候，而且非常敏感，温度超过 25℃，腋芽就不会形成芽球。而露地春播，到了该结甘蓝的时候，正好天气也就热了。

屡种而不收，按理说应该很气馁，但经过这些小白眼狼的一季季折腾，我的心态早已调整到位，你看，第三季不是比第一季好了很多吗？虽然不够圆润紧实，但这些松散的小甘蓝球，已经代表着向前迈进的一大步。

因为某种契机，树立一个"不可能的目标"，然后，努力着一点一点靠近成功的感觉，可真好呀。坐在地头的我，满足地微笑着。

自己种菜这样玩：
甜椒果盘

体形丰硕的甜椒，除了食用，还可以做创意容器。

- 取一只黄甜椒，去蒂
- 将一人份的水果堆垛其中
- 点缀一朵花

有虫自远方来

大约是生态环境改善得还不错，园子里除了蔬菜日益丰富，虫儿也虫丁兴旺起来。

第一年比较荒凉，只有马陆做伴，第三年就虫口兴旺得很了，蛐蛐、蝼蛄、蜘蛛、蜈蚣、蚂蚱，随处可见。一只未曾谋面的地羊，每晚都横钻出数条隆起的土脊来证明自己的存在。墙上也多了几个大小不等的马蜂窝，虽说经常是一个人在此劳作，可真不觉得寂寞！

其实我倒是想清静清静，奈何露天种植，顶上没盖，虫子悄无声息地就搬进来一家子。比起农场周边规模种植又喷洒农药的玉米地来，显然这两亩种类丰富的有机种植园，更适合它们生存，于是乎，就在此繁衍生息开来。作为名义上的地主，我也只能"摆开八仙桌，招待十六方"，来的，都是客呀。

主客之间也并不是一开始就言笑晏晏相处甚欢的，主要是主怕客。犹记

我认识的第一个朋友：马陆

得第一次在夏天雨后，看到积水洼地里聚集的一大群马陆时，我的反应相当正常，尖叫一声，扔了手里的锄头，一路狂奔，在大门口待了半个小时，才重鼓勇气踏进门来，一边挪动一边安慰自己："马陆没有毒，马陆不蜇人。"

相对比较容易接受的是蚂蚱，主要是打小就有交情，脸熟。蛐蛐也可以，它们比较自重，只在墙角比较阴暗的草丛里出没，黄昏的时候偶尔"喔喔"地鸣一阵，还挺田园气息的。至于蝼蛄，关系就不那么融洽了。这家伙身强力壮，祸害起蔬菜来一个顶俩，特别是刚发芽的胡萝卜、香菜、生菜，让它一咬就倒。好在数量有限，加上它只要敢露头在地面上行走，我是见一只拍一只，所以为害并不算太大。

会有朋友问我，为什么不清理这些害虫？首先，昆虫、植物，都是自然的一部分，人类也是，我们在这片土地上的生存权是均等的。第二条理由就实在得多了，有机种植，没可能除尽害虫。但是，由于小范围内的生态系统较为立体完整，即使不刻意清理，虫的比例也会保持在一个可控范围内，每年的收获中，会因为鸟、虫而有约1/10的自然损耗，这是合理的，有机种植中所谓"什一税"的说法，正是由此而来。

蜈蚣、马陆、蝼蛄这几位，都属于陆军，在地上爬。蜘蛛那就是横跨多个兵种了，它既能在空中结网，又能钻地打洞——说真的，作为一个城市居民，要不是亲自观察，我都不知道蜘蛛还是个打洞能手！

每年春末开始，直到秋初，是蜘蛛活动频繁的时段，由于结网需要固定支点，丝瓜架成为它们最爱的区域，两米多高的木架，加上四处延伸的丝瓜藤蔓，结了不知多少蜘蛛网，摘个丝瓜都可能被糊一脸！每隔几天，就要拿着小竹竿集中清理一次，然而，这边清理完，那边新网又结好了，如是，一个夏天要来回几十番，虽然是利益对立方，我也得对它们的精神说声佩服。

至于印象最深的，还是数和马蜂狭路相逢的一段。

一日，清晨劳作，忽然发现墙边爬山虎半腰上结出个葵花盘大小的马蜂窝，临近的虾夷葱正在花期，马蜂混在小蜜蜂中也嗡嗡嗡地采着花蜜，来来回回往返于花田与蜂巢之间。我居然做到了临危不惧，先发朋友圈求支着，再上网搜索各种方案，然后在地头就开始淘宝除蜂防护服，完全是一派老司机风范了。晚上躺在床上的时候，甚至还美滋滋地畅想了一下穿着防护服手除蜂窝的英勇身姿。

后来呢？羞愧地说，比画了半天，还真不敢伸手去得罪那群看起来相当猛的马蜂。一直到深秋季节，蜂群弃巢，择地冬眠去了，我才敢挺身而出，把那个废弃的马蜂窝从墙上摘下来，一把火烧了个干净。

来年马蜂要是还来拜访怎么办？来就来吧。菜种久了，虫见多了，心态也在发生变化，从开始的惊惶恐惧，到现在的平和以对，与自然的相处，在不知不觉间，渐入佳境。

所谓，有虫自远方来，您老请便。

自己种菜这样玩：
让菜心发挥余热

春末夏初的绿叶蔬菜，经常被虫啃得人类无法再下嘴了，只能让其在其他地方发挥一点余热。

- 剥去莜麦菜外层的受损叶片
- 将菜心插于生姜片之上
- 这是对日式插花小品的活学活用

除草如打怪

古早的 RPG 单机游戏，最令人诟病的就是升级过程极其枯燥无聊，就是不断地打怪打怪打怪……

没想过，早已过了沉迷电游的年龄，我又找回了久违的打怪感觉。两亩露天种植地，全凭人工除草，真的，就算全天无休地刷，也根本不可能清场啊。

厨房花园里，野草怪物数量多、种类全，而且每种野草怪还有自己不同的特点，要是用不对方法，白打半天，连防都破不了。

打碗花，颜值较高的小怪，简直就是见风长，架在墙边的小锄头两天没用，就能成为它的爬藤架，地下茎极长极深，只要留一点残余，要不了多久就能重新萌发。所以，除打碗花只能深翻，把白白的根茎都翻上来，捡到一边。饶是如此，也只能是控制数量，绝根是不现实的。

牛筋草，起这个名字它真是太谦虚了，牛筋再韧，好歹炖烂是咬得动的，但是，想单靠人力把牛筋草连根拔出，根本做不到。只能趁雨后土地松软的时候，连根挖出，晒干，烧掉，这才能放心。

夏至草这种小怪，则走上了以量取胜的路线。也不知道它是什么时候开的花结的籽，反正每逢初春和初秋，一片片地冒头，而且生长速度极快，两周就能长到膝盖高度，开典型的唇形科小白花。更为可气的是，除了以极短的周期结籽自播，它还是一种宿根野草，又粗又长的直根，发出新芽来都是一丛丛的。

至于独行菜，我只想问它一个问题："明明叫独行，你们这成群结队的

杂草合集每季都可以出新篇

算什么？"这种幼苗与荠菜颇为相似的野草，其实也是能吃的，带点淡淡的芥辣味。然而，产量过于丰盛，也真的是很愁人。

猪毛菜……不仅长得像猪毛，数量也和猪毛一样多。

野苋，偶尔长出几株，调节下餐桌种类我是很欢迎的，但把蔬菜兄弟们都干掉了，那就别怪我不客气了，见一棵拔一棵。还好，它在幼年期战斗力不强，但要是有一两棵漏网之鱼长大了，那就拿出砍树的力气来对付吧。

山苦荬、野棉花、马齿苋、车前草、鬼针草、附地菜……各位按季节轮流刷新，我的武器，不过就是一把锄头，来吧，"竹杖芒鞋轻胜马，谁怕！"

然而，刷尽各路小怪面不改色的我，看见这位 boss 也要腿发软。老天爷，一株葎草可以长到几十米长，而且茎叶上还遍布倒钩，稍不注意蹭到胳膊、腿上就是一条红印，火辣辣地疼。说葎草这个学名可能有点陌生，拉拉秧是它的俗家姓名，有没有恍然大悟？分布极广的这种野草，以个头大、长速快、伤害力强而著称，虽然有独特的药用价值，但长在农田里，却是格外令人头疼。

总体说来，在历经了"震惊""颓然""绝望""逆来顺受"的心路历程后，我慢慢学会了在野草小怪环绕之中控场——冬季深翻，消灭多年根茎；开春早动，不给敌军壮大的机会；最后也是最重要的，树立合理目标，只要不影响中间地块蔬菜生长，给它们一点生存空间又何妨？

自己种菜这样吃：
野花料理

以花入菜的野草也有不少，在我的园子里最常见的就是蒲公英了。

· 采十余朵盛开的蒲公英花
· 去掉花蕊、萼片，只取花瓣
· 可以用作甜品、冰激凌的最后装饰

只有自己种菜，才能获得的这些"变异食材"

你吃过莜麦菜长成的莴苣吗？

不要说普通消费者了，我问遍了身边的种植从业者，都纷纷摇头，让我颇感失落，如此美妙的食材，就没有谁偶然发现过？

人家抬起头来白我一眼："拜托，你那个是歪门邪道好吗？"

歪不歪的不好界定，但这种变异食材，确实不是常规种植能够获得的。

莜麦菜是种速生绿叶蔬菜，通常采取大棚种植，从播种到收获，40~50天是正常周期，之后便要重新翻整土地，或接茬种植，或换成其他作物。

但我是一个露天种植的随性菜农啊，比如莜麦菜这种常规班底的食材，都是播一片慢慢吃，吃不完就让它自由自在地长着，愿意开花就开花，愿意结果就结果，直到自然枯萎，我们携手相伴的旅途才算告一段落。

春天里，莜麦菜从芽长成苗，再发育成叶片丛生的壮苗，这时候的叶子鲜嫩脆爽，还略带一点清苦味，最为好吃。菜场里出售的莜麦菜也都是这个状态，然而，要是从带有人文关怀的角度来看，这些菜，都是未发育的少年郎呢。

在五月的阳光下，莜麦菜听到了自然的呼唤，开始从长胖变成长高，原本被丛生菜叶盖住的茎迅速抽条，要不了几天，原本趴在地上的一丛丛莜麦菜，就变成了俯视地面的一条条莜麦菜，模样酷似瘦一号的莴苣。

莜麦菜和莴苣，原本就是一家人，只是被培育成食用部位不同的品种而已。莜麦菜属于食叶品种，而莴苣是食茎品种，而另一种大众食材生菜，其实也是这家出来的，同样是食叶品种，莜麦菜是剑叶类型，而生菜有皱叶类型的，也有卷球类型的，所以，一家子兄弟在大家的印象里，被看成了截然不同的几种蔬菜。

但天性是不可磨灭的，你瞧，莜麦菜这就长成了莴苣不是？虽然由于先天条件使然，这个莴苣不够粗壮，但也有好处，莴苣芯会更为细嫩无渣，而且莴苣特有的香更为浓烈，只要豁出时间一根根去皮，这一盘炒莴苣片，味道真的是不同寻常。

有具体事例为证，去朋友家做客，随手拔了半箱莜麦菜作为手信，结果，这边还在锅里，那边已经有人循香而来："炒的是什么莴苣，这么香！"

因为确实负担不起常年供应变异莜麦菜，所以当时我昧着良心撒了谎：

长成莴苣的油麦菜

"就是普通莴苣，可能是现拔的，比较新鲜吧。"

因为足够懒、足够馋，像这样的变异食材我陆续还有发现，最近的成果是芦笋叶。我们日常吃的芦笋是它的嫩茎，如果不及时采收，茎上的鳞片会慢慢发育，长成细针状的叶片，与观赏植物里的文竹十分类似（它们是同科亲属植物）。一个偶然的机会，我发现，比较嫩的芦笋针状叶片，也是可以吃的，虽然不如粗茎那么汁水充足，但味道依稀类似。

当天我就采了不少嫩梢，回来剪成碎末，混在鸡蛋液里，芦笋叶摊鸡蛋，真的不要太鲜！

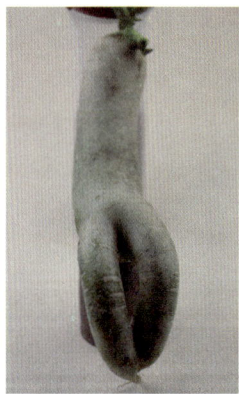

自己种菜这样吃：
**修行的萝卜
也得做菜**

除了那些只要满足条件，必定会长出来的变异食材，也有一些非常不可预料的，比如长腿的萝卜。

- 洗净，切段
- 切成薄片后制作菜肴

椿萱并茂，兰桂齐芳

椿萱并茂阶前郁，兰桂齐芳堂上春。

我非常喜欢这副全家老小都祝福到的对联，又嵌入了很多植物，正合菜农之好。

椿寿千年，代指父亲。萱草忘忧，经常用来代指母亲——然而个中含义，却经常有人误读，所谓忘忧，并不是指母亲慈和温厚，让子女忘忧，而是说子女应该孝顺，让母亲忘忧。

写出"谁言寸草心，报得三春晖"的孟郊还有一首诗作："萱草生堂阶，游子行天涯。慈亲倚堂门，不见萱草花。"寸草，指的也是萱草，希望老太太乐陶陶地赏起忘忧花来，就忘记为熊孩子不回家而忧心。

读着这样的诗，我对萱草充满了好感。无论是食用品种还是观赏品种都统统种下了不少。

素色瓷罐里的金银花与蓝羊茅花穗

　　萱草的英文名字叫 daylily，这个美丽而带点忧伤的名字，属于全体萱草属成员共有。名字的由来是萱草的开花特质，一朵花只开一天就谢。原生品种的萱草就称为 Orange Daylily，而黄花菜则是 Citron Daylily，在本属众多成员中，大宗种植用于食用的，只有它。

　　萱草通常在初夏的时候开喇叭状的花朵，以橙、红、黄色居多，作为宿根地被观赏植物的主力军，萱草现在注册的园艺品种已经超过六万个，它们被统称为现代萱草。和古诗中的萱一脉相承，花朵却更为绚丽，想必，也更能让母亲忘忧了吧。

　　椿树就不用再特地种植了，因为贪恋春鲜，园子里早早地种上了香椿树。回家的路边，随处亦可见高大的臭椿树，说是臭，应该是受了香椿的拖累，其实它的异味并不明显，这种叶大荫浓的绿化树，秋季格外美丽，枝头结出大串红果，叶子由绿转为金黄，在街头描绘出绚烂秋意，而且生命力强健，既耐干旱又耐贫瘠。对比园中精心照料仍瘦骨嶙峋的香椿树，我坚定地认为，《庄子》中所说的八千岁大椿，应该是臭椿树了。

　　细细琢磨"椿萱并茂，兰桂齐芳"这八个字，格外有趣。椿也好，萱也好，都是生命力强健、皮实耐寒的植物，正是传统对于父母的认知，吃苦耐劳，为家庭默默奉献。到了兰和桂，一下子就变得娇气起来。

兰花需要多么细心周到的照料呢？古人种兰花不用种字，而是用一个"艺"字，种植兰花都上升为一门艺术了，可见不易。桂树相对要好些，在全年气候温暖湿润的地方，它是可以在野外生存的，而在黄河以北，寒冬难过，基本都是以盆栽为主。

高大遮阴的椿，坚韧美丽的萱，呵护着优雅娇弱的兰与桂，原本风马牛不相及的四种植物，被赋予了四种不同的家庭人格。让我每次在看到它们的时候，有种格外的触动。

自己种菜这样玩：
萱草桌花

萱草虽然不能吃，却是极好用的桌花素材，花期长，色彩又极为明亮。

- 剪两枝正在盛开的萱草花
- 与同是黄色系但花头较小的芸香、生菜花配合
- 有着繁茂之美的自然桌花就完成了

自己种香菜的日子

吾家食谱中，颇有几道在外面吃不到的小菜，食材简单，制作方式也很简单，但味道却出奇地纯、鲜。自小吃到大，习以为常，直到离家后才发现，这些在外面真的很难吃到。

比如一味青椒蒜泥。新蒜、新鲜青椒撕片，入石臼，加盐研捣成泥，蒜香混合着青椒的清新之气，闻之食欲大开。另取豆腐，打成薄片，滚水煮两三分钟，取出蘸蒜泥而食，真正朴实风味也。

另一道则是老太太的最爱，六月新收的蒜薹，上白下青，味道也有区别，白的那部分脆而甜，青的那部分韧而辣。取嫩梢偏白的那部分，以手折成半寸长的小段，以酱油浸泡半日即得。嚼起来咔嚓作响，咸、甜、脆，兼而有之。

还有一味香菜拌花生，倒是普及率挺高，但香菜和花生都走了形，味道实在不能苟同，直到我自己种卜了香菜，才重新吃上了这道菜。

首先是香菜，必须是露天栽种、秋末收获的香菜。只有在这样温差足够的寒冷天气里，香菜叶梗才会由翠绿转为红绿相间，特有的香气更为浓烈。挖出后仔细洗净，根也不要切掉，一起开水余烫，捞出后挤干水分切成碎段。

然后是现炸花生，一定要仔细挑，把生芽的、外皮变色的都扔掉。

醋、盐、少许糖、少许酱油，香菜与花生拌匀，装盘。

为了吃到这一道小菜，我是种完花生种香菜，从春天忙到了秋末，终于得偿所愿。

真的很感谢出使西域的张骞——我觉得整个中国饮食史都应该感谢他把这种起源于地中海沿岸的香草植物带入中土。你看，什么迷迭香、百里香、鼠尾草，到现在为止，还是很小众的欧洲香草，而它们的老乡香菜，则早已成为中国人生活中必不可缺的调味蔬菜。唯一能看出它来处的特征，就是和大多数香草一样，喜凉怕热。

每年我都种两季香菜，但春季的产量基本是看天行事，要是这一年天气热得快，那香菜就只能上交给国家了。三月底播种，四月发芽、生长，北京的春天是著名的兔子尾巴，短，往往五月初就有夏天的感觉了。一旦超过

香菜虽小，味道很好

30℃，香菜会迅捷做出反应：抽薹、开花、结籽。这是一切生物的本能，在遇到危险时赶紧繁衍后代。花倒还挺美，淡棕褐色与白色相间的伞形花朵，可是一开花，香菜就粗硬得不堪食用了。

　　秋季种香菜要有把握得多，八月底播种，到十月初就可以陆续采收，在霜降之前，它在地里生长得越久，香味越浓。最后收尾的那些香菜，虽然卖相萎靡了些，但味道一流。不夸张地说，哪怕是揪几片叶子，切成碎末扔到面汤里，那味道，都浓到化不开。

自己种菜这样玩：
楚楚可怜之花

香菜的花朵与芹菜花略为类似，都是伞状花，但香菜花更为纤纤弱质，风姿楚楚。

　•取一枝香菜花，剪成两段
　•插瓶后，调整花材位置

跟着莫奈学……种花

———

　　一个人一旦痴迷于某件事，看世界的角度都会出现偏颇，用朋友们的话说，总是关注一些很奇怪的点。

　　比如看电影，看《火星救援》，男主角他种了123平方米土豆的时候，坐在影院里的我迅速反应过来，噢，两分地。看《疯狂动物城》，总结了一句话："这是一个有关番红花种植的故事。"至于《圆梦巨人》，嗯，看完后我认真思索了一下，要不要种刺角瓜，以及，巨人为什么抗拒抱子甘蓝？

　　电影情节毕竟转瞬即逝，真正令我自觉"哎，回不了头了"的是看画，一旦遇到有植物元素的世界名画，我的欣赏角度自动转化，兴致勃勃地开始辨认起画上都有些什么花草来。

　　Jonh William Waterhouse（约翰·威廉·沃特豪斯），最为人熟悉的作品是 Echo and Narcissus，自恋的水仙少年趴在水边。在他的大部分画作中，

琉璃苣的五角星花朵，楚楚可怜

都盛开着鲜花，玫瑰、罂粟花、鸢尾，看着他的 *The Enchanted Garden* 等作品，我便会不自觉地在心中临摹百年前英伦花园的模样。

Fair Rosamund，亨利二世的年轻情妇，为了防止有人觊觎，国王在她的住所周围遍植了带刺的玫瑰。城堡里孤单的少女，只能在玫瑰的陪伴下等着国王偶尔的宠幸——但王后仍然派人毒死了她，26 岁，玫瑰凋谢。画家为她留下了一幅永恒的肖像，少女凭窗而立，白色头纱随头飞舞，然而，快把脸凑到屏幕里面的我仔细辨别的是，从窗户处伸进来的那一枝，是不是千叶玫瑰？

美国得克萨斯州的野花有多美？我虽然没有去过，却可以从 Julian Onderdonk（朱利安·德多克）的一系列乡村画作里感到。这位画家一生深爱这片蓝色的花海，蓝帽花是他笔下永恒的主角。而在瑞典美术史上最伟大的画家之一 Carl Larsson（卡尔·拉森）的笔下，杜鹃与苹果花的美热烈而优雅。

还有一些著名的人物画，植物所占篇幅很小，却是点题的元素。比如西班牙皇后 Maria Luisa 婚前的一幅肖像画，由 18 世纪德国古典主义画家 Anton Raphael Mengs（安东·拉斐尔·门斯）绘制，少女对于婚姻的向往与慎重，从她手中捏着的康乃馨就可以看出，作为向往婚约的花朵，虽然只有小小一枝，她却仿佛用了浑身的力气才拿稳。

当然不能忘记莫奈的睡莲系列。在巴黎北边的吉维尼乡村，画家在他的花园里为后人留下了这些不朽的作品。好友阿冷拜访莫奈花园后，捎回的手信便是包装极为艺术的种植包，封面上印刷着莫奈的画，内里装的便是画上出现的植物种子，向日葵、矢车菊、蜀葵与黑种草，倒是都不难种。

　　把这些都种出来，这两亩地就能变成莫奈花园吗？

　　当然不能，然而，也许在某个光影瞬间，借由一朵穿越时空的花朵，我们能够捉摸到一缕藏于自然笔触背后的、诗意的内心世界，那就足够了。

自己种菜这样玩：
用莫奈向日葵插花

从莫奈花园带回的种子，去年已经开花，虽然和别的向日葵长得差不多，但感觉就是不一样。

- 剪一枝向日葵花盘
- 与韭菜花同插
- 初秋的丰盛，跃然而出

赠人四叶草，我手有余香

种菜是一件随时能够感受到生命喜悦的幸事。我一直认为，这种幸福感很难与没有共同经历的人分享，直到某天，和一位新手妈妈约饭，明明生活内容没啥交集，我俩却越聊越投机，养娃和种菜虽然是两个完全不同的领域，但这感悟还真是殊途同归啊。

我那天之所以大发感慨，是因为一盆长满了四叶的三叶草，这个惊喜真的是太足份了。

四叶草多出来的那一叶，代表着幸运，而关于这一盆植物的由来，本身就和幸运有关。很久以前，我和好友阿冷去逛花市，路过一家品种比较小众的摊位，和老板聊了会儿天，本来并不打算买什么植物，但因为聊了会儿天，觉得不买有点浪费人家的时间，顺手捎了两盆观赏型三叶草，学名是车轴草的那一种。当时看起来就是很普通的彩叶品种，小小的方盆，索价不过五元而已。

大量贡献幸运四叶的三叶草

定期收集幸运，是种植者的福利

回来也没有特别照料，就是移了个盆，扔在厨房花园的观赏区。这种草生命力强健，放养也能长得很好，半年后，偶尔路过，驻足跟这小草打了个招呼，赫然发现，幸运不仅仅是来敲门，它完全是定居在这里了呀！

种在水泥盆里的三叶草，居然有将近一半长成了四叶的，我几乎以为自己眼花，揉了揉眼再看，确实如此。紫绿相间的叶片里，写满了"幸运"二字。

三叶草确实会突变为四叶，但概率非常低，以车轴草来说，大约是十万分之一的可能，数数我这盆，100 多片叶子里有 30 多片四叶，完全不可能再用突变来解释，唯一的可能就是这是专门培育出来的品种。

我把这个发现告诉了老板，顺道问他这是什么品种，老板完全没想到还有这一出，扼腕叹息，最后抹着眼泪说："你下次来能给我捎个苗吗？"我倒是很爽快地答应了他，奈何那以后就很少有机会去那个花市，一直没来得及给老板充满这个幸运值。

没办法从卖家那里获知究竟，就只有自己满世界地去对比已有的品种。看遍各大种苗网站，最后在 Proven Winners（一家著名的育苗公司）的网站上，找到了答案。它的名字叫 Dark Dancer（黑暗舞者），是目前唯一确定的，有部分叶片会发育成四叶的品种。看叶色，看叶形，看开出的花朵，都有九成以上的相似度。

但这个品种其实并没有引进国内的记录，无论是鲜花电商或是花友分享论坛，都未见到过它的身影。

　　一盆 Dark Dancer，因何机缘，越洋而来，又如何混在其他的三叶草中被摆出来售卖，我又为何在一堆类似的植物中，单把它不经意地拣出来，这一切，都已经不可追溯了，中间的任何一个环节都充满了偶然因素，而我能拥有它，唯有"幸运"二字可解释。

　　两年来我持续地分盆、繁殖，从刚开始托在掌心的一小盆，到现在已经繁衍了十几代，变成了几大盆。由于在北方不能露地过冬，所以秋末的时候就得搬进屋里。阳光最好的窗前，一定有块位置是预定给它们的。春天再搬出去。周而复始。为了幸运光环能一直笼罩，搬来搬去的辛苦算得了什么。

　　这么独特而有趣的三叶草，我珍视它，但不吝惜，一份天降的幸运，应该分享给每个需要的人。所以，凡有朋友来讨要，我都会欣然应下。怕他们移栽不活，还不敢直接给带芽的走茎，而是先种在小盆里，一直到重新发根，长出新叶后再送出去。

　　赠人幸运，手有余香是也。

自己种菜这样玩：

四叶草书签

代表着幸运的叶子，希望将它永远保存起来。

- 剪下一片完整的四叶草，茎尽可能留长些
- 夹在书中自然风干

实用指南

菜农生活月历

隐居于城市郊区，莳花弄草种菜，这日子实在太容易被描述成一曲田园牧歌，清新脱俗到每个人都想回家种菜去。

然而，极具诱惑力的爆款视频和头条文章都不会告诉你，菜农的真实生活究竟是何情形。

如果你已经对种菜跃跃欲试，请先参考一下这份我以自己为模板总结出的菜农生活月历，再做决定。

一月：制作计划，总结学习

信奉"计划先行"，在新的耕作季节开始之前，需要先制作出一年的大致种植计划，计算出各种资材的所需数量，并且根据采购周期一一进行安排。

总结上年度种植的经验教训；确定本年度新品种，预先学习相关资料。

看一切有趣的参考书、视频、网站，寻找源源不断的灵感。

二月：购种育苗，早鸟先飞

由于种植品种的多样化，很难一次性解决需求，所以整个二月都在买买买和种种种。

大部分春季需要移栽定植的蔬菜，在二月就要开始育苗了。小型暖房里摆满了放满育苗盆的托盘，写标签、播种、喷雾浇水，每天都像蜜蜂一样劳碌着。

三月：翻耕施肥，全情投入

体力劳动最繁重的一个月到来了。去年冬季深翻的地块，需要再次翻耕平整，并且将基肥同时施入，运肥、翻地、耙平，整个流程下来，腰、背、腿感觉已经不属自己所有。

如果天气预报足够乐观，三月中旬就可以进行播种了，然而，50% 的概率会遇到倒春寒，需要提前做好心理准备。

四月：坐享其成，欣欣向荣

现在，幼苗们已经长成绿油油的一片了，日常照料工作相对轻松。按照规划逐批地将暖房里的菜苗搬出，移栽定植。

这还是坐享其成的一个月，各种野菜填补着食材空白期，先是荠菜、二月兰、茵陈，然后是蒲公英、马兰头、枸杞头，一期一会的限量菜单，不可错过。

五月：虫害渐起，多线作战

毫无疑问，五月的风景是最美的，不仅在这一片小小的园子里，全世界都是如此。这个月份本身就是以罗马神话中掌管春天和生命的女神之名（Maia）来命名的，花开似锦，绿叶繁茂，收获进入丰足期。

然而，随着气温升高，病害、虫害、杂草丛生也成为头疼的问题，多线作战是这个时段的主题，一定要精确统筹才好。

六月：惜别春蔬，节奏切换

城市里的夏天来得格外早，日历才翻到六月，便暑气渐浓。不耐热的春蔬进入收获尾声，或整体翻耕，或开花结籽，自产食材进入了一个相对匮乏的阶段。

夏季蔬果已经进入壮苗期，试花、试果，令人对即将到来的收获满怀期待。

七月：突出重点，适当暑休

高温潮湿的雨季，最令人绝望的是野草，长势旺盛到不可置信，一场大雨过后，七八天便能颇成规模，所以，锄草是整个七月的重点项目，坚决把隐患消灭在摇篮里。

大部分原生于地中海沿岸的香草，夏季表现极差，只有罗勒一枝独秀。

丝瓜、空心菜、木耳菜、茄子、西红柿是这个月份的当家食材，吃腻了也没的换。

由于紫外线强度过大，所以必须要凌晨即起，赶在日出前完成一天的劳作。

八月：凉意渐起，秋播在即

虽然在通常印象里，这仍是酷暑难耐的一个月，但自从投入农耕生活后，我惊奇地发现，立秋以后，确是凉意渐起。

清理已过盛产期的瓜果蔬菜，整理地块，或休耕或翻整。头伏萝卜二伏菜，秋播也在暑意中渐次展开了。

九月：高效紧张，收获满满

俗话说，十月小阳春，但就农业节奏来说，九月才更像小阳春。光照充足，气温有所下降，正是播种的最佳时机，速生绿叶菜和秋季大型蔬菜都要赶在此时种植完毕。

野草的繁衍也明显减慢了脚步，在早晚的徐徐凉风中，菜农终于又有了一些享受的光阴。

十月：逐批收获，超额劳动

所谓金秋便是这个时候了，花生、大豆、红薯、甘露儿，这些作物都是整批收获，胖胖的果实摆满地头，喜悦确实也是超大码的。野菊花和洋姜花盛放，为园子染上一抹金黄。爬上墙头的眉豆；挂在半空中的佛手瓜；气派摊开的甘蓝菜；藏在叶子背后的南瓜，秋之斑斓色调令人沉迷。

和满足程度成正比的，是如何尽快晾晒、储存这些农获的焦虑。

十一月：看天吃饭，应时而动

在华北地区，这已经是个半放假的月份，大部分蔬菜都收获完毕，只有白菜、大萝卜、塌棵菜这些越冷越好吃而又不能被霜打的品种，才会暂时留在那里。只要天气预报一说降温，手上有天大的事情，也得放下，赶紧去拔萝卜！

十二月：消化库存，畅想来年

为宿根植物搭起防寒设施，包好水管，锁上暖房的门，菜农的劳作到此告一段落。

在寒冷的冬季，坐在家中，享受着自种、自制的各种食材，随心地构思着明年的菜园，越想越兴奋，恨不能一觉醒来，又到了春天。

这劳累繁忙的农耕生活，实在是有着独特的乐趣，令人欲罢不能，越陷越深。

后记

我的庞各庄格勒林荫道

　　一条北方很常见的长满杨树的乡间小路，连接着我的现实世界和理想国。

　　出家门，右转，大约一公里，左转，便上了这条林荫道。

　　北京夏季多雨，雨后清晨，道路前方水汽氤氲，树叶青翠欲滴，路两侧是农田，玉米挨着桃林，像一幅俄罗斯乡村油画，所以，我戏称它为庞各庄格勒林荫道。

　　这条小路，一走就是三年多。

　　杨柳风吹面不寒的时候，满树开的是毛毛虫状的花，随风自在飘荡，间或落几穗下来，飘过人头，落在肩上，令树下行走的人也跟着好不快活。花落，长了小小的叶子，每天经过都能感觉到绿意又深了一点，再来一场春雨，林荫道便颇有模样了。

初夏天光好，天空清透湛蓝，风吹着杨树叶哗啦啦地响，像一段伦巴旋律。

有时候回去晚了，夕阳远远地从地平线上投来几缕光，透过树隙，打出斑驳的光影，这是林荫道为归人写的诗。

"行走在朝霞绚烂、凉风习习的原野上，是何等的心旷神怡啊！"——这是蒲宁笔下小地主的日常生活。

自夏至秋，直到深秋，忽然有一天，林荫道上落满了黄叶。

杨树要休息了，菜农也要休息了。

在不需要下地劳作的冬天，我偶尔也会来这里待一会儿。庄稼都收了，大地枯黄，天空轻盈而深邃，在冷硬的北风里，两行杨树依旧清健挺拔，令人见之忘忧。

从 2014 年的春天到 2017 年的秋天，三年多的时间，这条林荫道见证着我从一个完全没有务农经验的人，成为可以自称"菜农"而不脸红的耕作者，这段独特的经历，给我带来太多。

因为相关政策的原因，第四个春天到来之前，已经初见雏形的迷你农庄只能遗憾地关闭了。承蒙好友海燕女士出借场地，我种菜的地方，从两亩地变成了两百平方米的一个庭院花园，开始尝试更为精致化的都市农艺形式。

人生的改变，从来不等你准备好了再发生。然而，比起三年前的犹豫彷徨，如今的我，已经确信自己能够在这条路上，愉快地走下去。

那么，来年再见咯。

你 这 么 累，

不 如 回 家 种 棵 菜

图书在版编目（CIP）数据

你这么累，不如回家种棵菜 / 厨花君著 . —长沙：
湖南文艺出版社，2018.11
ISBN 978-7-5404-8784-3

Ⅰ . ①你… Ⅱ . ①厨… Ⅲ . ①随笔 – 作品集 – 中国 –
当代 Ⅳ . ① I267.1

中国版本图书馆 CIP 数据核字（2018）第 146620 号

上架建议：畅销·文学

NI ZHEME LEI, BURU HUIJIA ZHONG KE CAI

你这么累，不如回家种棵菜

作　　者：厨花君
出 版 人：曾赛丰
责任编辑：薛　健　刘诗哲
监　　制：蔡明菲　邢越超
特约监制：汤曼莉
策划编辑：姚长杰
特约编辑：尹　晶
营销编辑：张锦涵　傅婷婷　文刀刀
版式设计：梁秋晨
封面设计：尚燕平
封面图片：视觉中国
出版发行：湖南文艺出版社
　　　　　（长沙市雨花区东二环一段 508 号　邮编：410014）
网　　址：www.hnwy.net
印　　刷：北京市雅迪彩色印刷有限公司
经　　销：新华书店
开　　本：880mm×1270mm　1/32
字　　数：237 千字
印　　张：8
版　　次：2018 年 11 月第 1 版
印　　次：2018 年 11 月第 1 次印刷
书　　号：ISBN 978-7-5404-8784-3
定　　价：49.80 元

若有质量问题，请致电质量监督电话：010-59096394
团购电话：010-59320018